詩人たちの敗戦

荒井とみよ

編集工房ノア

詩人たちの敗戦　目次

装幀　森本良成

「歌は歌に候」——与謝野晶子

「与謝野晶子」と出会うことはしばしばあったが、いま立ち止まって振り返ると、そこはかとない思いが残っている。もっと真剣に格闘すべきテーマだったのに、いつも目を逸らすようにして通り過ぎたということなのだろうか。次のような一文が目に飛び込んできたのは、時と機にめぐまれたとしかいいようがない。

今思い出せる中で最高速の、火の玉のような直球はこれだ。

すめらみことは戦ひに　おほみづからは出でまさね

(中略)よくぞここまで云えたものだ。(中略)そのテンションが尋常ではない。(中略)火の玉のような本音が結果的に驚異のストレートを投げさせてしまったのだろう。これは女の剛速球だと思う。(穂村弘『直球勝負』、「ちくま」二〇〇七・五)

そうか、直球勝負。わたしも時にそのようにからかわれたりしたが、こちらは「最高速」でもないし「火の玉」とも縁がない。直球しか投げられない身には、晶子は変化球の人だと見えた。だから「女の剛速球」という批評に新しいメガネを与えられた気がした。そのメガネである有名な詩「君死にたまふことなかれ」を読み直してみよう。

一

三十年も前の晶子との出会いは復刻された雑誌「青鞜」においてだった。「そぞろごと」という詩が「青鞜」の創刊号を飾っていた。寄稿の依頼に晶子を訪ねたのは平塚明子《はるこ》。そのとき晶子は、女ばかりで雑誌を始めるという意気込みに懐疑のことばをもらしたという。「やはり女はだめだ、男にはかなわない」と。半ばあきらめていた編集部に、最初に届いた原稿が「そぞろごと」だった。

第一連の「山の動く日きたる」「すべて眠りし女、今ぞ目覚めて動くなる」の詩句は、二連の「一人称にてのみ物書かばや。われは女ぞ」という激しい主張とともに、「青鞜」のみならず近代女性史の輝かしい幕開けを世に告げるものだった。

ところがこの長詩十二連の後半は、自嘲的な暗い気分に満ちている。女は髪をほつれさせて、慳貪《けんどん》な男の無神経に対する憎悪を潜めている。愛玩する「玻璃の鉢」や「細身の剃刀」、「煙草の苦さ」も祖母から母へ、母から自分へ渡された「青い珠」に似て悲しみの色をしている。
「そぞろごと」の最後の連は次のようである。

夏の夜のどしやぶりの雨……
わが家は泥田の底となるらん。
柱みな草の如くに撓《たわ》み、
それを伝ふ雨漏りの水は蛇の如し。
寝汗の香《か》……哀れなる弱き子の歯ぎしり……
青き蚊帳は蛙の喉の如く膨れ、
肩なる髪は眼子葉《ひるむしろ》のやうに戦《そよ》ぐ。
このなかに青白き我顔こそ
芥に流れて寄れる月見草の芯なれ。

なぜ晶子は自身をこんなにみじめに書かねばならないのか、疲れ切った家族を描くのか、特に最終連には眼をそむけさせるものがあった。この雰囲気と「青鞜」の勢いとは異質であるように見えた。とくに平塚明子が「らいてう」と号して書いた長文の宣言とは違う。

「元始、女性は実に太陽であつた。真正の人であつた。今、女性は月である。他に依つて生き、他の光によつて輝く、病人のやうな蒼白い顔の月である」

有名な文章だが、よく読むと晶子の詩に呼応しているのが分かる。いわば、晶子の「そぞろごと」への返歌として書かれている。異質ではなく対応していたのだった。そして「女《をなご》」は「女性」になった。

「山の動く日」という鮮烈なイメージ、この原初の大地が躍動する隠喩にらいてうは触発された。そして「元始の太陽」「蒼白い月」というキイワードを呼び寄せた。一息に書かれたという宣言に爆薬をしかけたのは晶子の詩だったのである。

晶子が「蒼白きわが顔」は女の長い屈辱の歴史の結果だと訴えているのに対して、らいてうは、「元始、女性は太陽だつた」と打ち上げ、今は他の光によって輝く「蒼白い顔の月」であるという。この比喩は女の歴史を大空いっぱいに広げる。雰囲気はまるで違うが、これは共感の表明である。晶子が屈折したことばに託したものと、らいてうの一気呵成の直線的な叫びは一つの時代の二つの声となって明治の女たちの上に響き渡った。「青鞜」はこの対立する個性を柱として踏み出した。当時の女たちの胸に激しい衝撃を与えたのは、その緊張感によってである。

この画期的な詩が『底本　与謝野晶子全集・九巻』（一九八〇、講談社）には「そぞろごと」

としては存在しない。「山の動く日」「一人称」「乱れ髪」「薄手の鉢」「剃刀」「煙草」「女」「大祖母の珠数」「我歌」「すいっちよ」「油蟬」「雨の夜」という十二編に分かれている。先に引用したのは最後の「雨の夜」。小さく分節された小品にはあの「青鞜」を「青鞜」たらしめた迫力がない。「そぞろごと」とは幻のタイトルなのだ。

わたしの晶子との不幸な出会いは「そぞろごと」の解釈から始まったといっていい。この詩に描かれた二つの面、一つは「山の動く日」「一人称」に表れた高らかな歌である。それは近代の夜明けを告げた。その後に続く女たちを励まし続けた。しかし、一つは「芥に流れて寄れる月見草」というなんとも惨めな自画像であった。そして読むものが耳をふさぎたくなる呻き。「寝汗の香」や「弱き子の歯ぎしり」、青い蚊帳の垂れた曲線、母と子のこうした夜を、わたしはたしかに知っている。母の立場からではなしに、子どもの目から。こんな夜の恐ろしいような母の表情を忘れてはいない。母が生んだ子どもの数は晶子の半分以下だったが、それでも蚊帳の中に五人の兄妹が寝かされた時期、母は少しも幸福ではないのだとはっきり知った夜があった。その母の悩みを解決することも、苦しみから救うことも自分には出来ないのだと深く納得した夜があった。

長詩「そぞろごと」の後半は、あの「母」を思い出させる。だから眼をそむけるのだ。母の嘆きを癒すことができなかったから。この暗い顔、自分の人生に大きくかかわっている人の、その不遇を見て見ぬふりしかできなかった。その情けない生き方は「山の動く日」という歴史をゆるがせるうねりや、「一人称にてのみ物書かばや」の清冽な叫びから弾き飛ばされる。このような議論には入ってゆけない。そういうひがみがまずあった。

「そぞろごと」という題に対しても、もっと堂々としたものであっていいのにといういらだたしさがぬぐえなかった。それがいま変化している。明治末年の晶子は意識においては近代人に成長を遂げたが、現実には生活に苦しみ、相次ぐ出産に疲れた中年の女だ。そこへ若さと活気を漲らせたらいてうがやって来て、女だけの雑誌を作ろうという。晶子の方の雑誌「明星」は、外見の華やかさが先行していまや苦労の種である。恋の勢いで「百三十里」の道を走り来たことの結果とはいえ、弱気になることもある。かといって、この選択を否定などできようか。――「そぞろごと」とはまことにいい得て妙なるかなと、このごろでは思う。

もう一つ、晶子には深い男性憎悪の気配がある。それがこの後半の詩句にも陰々滅々としてきらめいている。たとえば「額にも、肩にも、わが髪ぞほつるる。しほたれて湯瀧に打たるる心もち（中略）ほつとつく溜息は火の如く且つ狂ほし。かかること知らぬ男、我を褒め、やがてまた譏るらん」なども強烈な男性不信である。

『産屋物語』（一九〇九）を読んだときも、若いわたしはゾッとしたものだ。

「私は産の気《け》が付いて劇《はげ》しい陣痛の襲うて来る度に、その時の感情を偽らずに申せば、例《いつ》も男が憎い気が致します。妻がこれ位苦しんで生死《しょうじ》の境に膏汗《あぶらあせ》をかいて、全身の骨という骨が砕けるほどの思いで呻いているのに、良人《おっと》は何の役にも助成《たすけ》にもならないではありませんか。この場合、世界のあらゆる男の方が来られても、私の真の味方になれる人は一人もいない」「かように思い詰めると唯もう男が憎いのです」――ああ、子どもなど産むものではない。

ここにもあの「母」の顔が浮かぶ。母の不幸は父、というより男一般が女に強いているものではないか。その実の姿は見たくない、触れたくない、無関係でいたい、若いわたしはそう思った。性や生殖にかかわると恐ろしいことになると思ったはずだ。眼をそむけずにいられようか。このおぞましさを振りはらわなければ、ずぶずぶと暗い沼に足をとられて身動きできなくなる。母でありつつ女であることの業を晶子は見せている。

月見草《つきみぐさ》花のしをれし原行けば日のなきがらを踏むここちする　（明治四十一）

長詩の「月見草」、萎れたその花は、明治の末の晶子の自画像でもあったようだ。出産で女はそれまでの生を亡き骸にするというのは非常に鋭い比喩であると切なく納得した。彼女の歌った深い闇、もつれる謎は、女がその生を生きる以上無関係ではいられない。自分自身の妊娠や出産のとき、新米の母親はまわりから祝福を受けながら、やがて恐ろしい時間の中へ入ってゆくことになると痛いように予感した。

穂村の批評を援用すると、初めの二連が「直球」である。後半をどういうかはとてもむずかしい。

二

『みだれ髪』(一九〇一)の歌の解釈についてはすでにし尽くされていると思っていた。が、道浦母都子『女歌の百年』(二〇〇二、岩波新書)を見て驚いた。

「乳ぶさおさへ神秘のとばりそとけりぬここなる花の紅《くれなゐ》ぞ濃き」を次のように訳している。

「あなたを愛することによって、私の乳房――私全体――を抑えていたもろもろのとばり、それらが全て打ち払われ、霧が晴れた後に紅の花がすっくと咲きほこっているように、私という存在が立っている心地なのです」と訳してある。そして「この歌は、たんなる相聞を越え、旧道徳や倫理、社会全体のとばり(帳)が打ち払われ、新しい時代が到来したよろこびを象徴的に歌った一首ともとれ」、「女性が心情を託す対象が髪から乳房へと変化した」と解釈している。

「神秘のとばり」が「旧道徳や倫理、社会全体のとばり」であるとはどういうことなのか。「乳ぶさおさへ」が「私全体――を抑えていた」ものと訳されるのも不思議でならない。これはちょっと他を当たって見なければならない。

逸見久美『みだれ髪全釈』（一九七八、桜楓社）では、解釈しにくいとはじめから断っている。「このまま鑑賞した方が美しく見える」と。逃げたというよりも、短歌の本質をいっている。とくにすぐれたものは訳を拒むといいたげである。

逸見によれば、佐藤春夫はこの短歌を象徴歌であって、それを具体的に解するのは滑稽だといっているらしい。また、「鉄幹歌語」（『明星』明治三十五・二）では、「何とか悩み給ふ。人生の真の意義とや。さしもの神秘の帳そと蹴りて、今徒に詞多き学者の君を驚かさむ。見たまへ、此処なる花のくれなゐ濃きは世に又となく貴からずや。恋は人生のまばゆき花、誰かに触れずして此の真のにほひを罵る、しら梅、雪にかをると見る膚に寸布をつけず、気高う乳房をおさへて立ちたる詩中の人は、やがて恋の女神の化身なるべし」という。さすがに共犯者だけのことはある。二つは響き合ってより豊かな歌の世界を出現させた。ただ、わたしは「立ちたる姿」とは見ない。美しい横臥。「そと蹴る」脚の線もこの歌の命である。秘所の花、その紅に負けないほどの。

「帳」も「とばり」も『みだれ髪』のキイワードである。

集中のもう一つの難解の歌、「夜の帳《ちやう》ささめき尽きし星の今を下界の人の鬢のほつれよ」の逸見訳は、「今や天上の星の世界では夜、几帳のかげで甘い恋のささやきがかぎりなく言い交わされているのだが、それに比べて下界にいる私は恋の得難さに苦しみ、髪の乱れとともに心も千々に乱れていることよ」

入江晴行『与謝野晶子の文学』（一九八三、桜楓社）ではこうである。「天上の世界の夜に遊び、そのとばりの中で星となって恋の世界に遊び、睦言を交わし尽くした私。そのような満足感を以て一夜を過ごした私が、その夜が明けた今、現実にもどって悩みや苦しみの多い人間界の人となって、鬢もほつれるにまかせてその日その日の現実に対している」

「鬢もほつれるにまかせて」とはちょっとひどい。これでは子を次々に出産し疲れ果てた晶子ではないか。中年過ぎの女ではないか。それは違う、この若い女は初めての性の喜びを、その正体をつかもうとして詠じずにはいられなかった。これは何なのか、この星が煌めくような恍惚のいまは。われにかえるとあられもなく髪を乱しているこの身は、いったい何なのか。

この歌については上田敏も鉄幹さえも、天上と下界の対比として見ている。そうだろうか、「星の今を」はきらめく忘我の中の「今」であり、下界の人である我の「今」である。鬢のほつれがわが身の下界人であることを暴いてしまうが、この瞬間は天上天下を包み込み渦巻き、めくるめくわれをどこへ連れてゆくのか、その嘆きの詠唱だと思う。「を」という間投助詞は「鬢のほつれ」にまでかかっている。内なる愛の高揚と外界物としての身体とが「を」の詠嘆の中でもつれてよじれる。

ところが、驚くことに、この絶唱を晶子自身がその後改作している。

『現代自選歌集』（一九一四）では「夜の帳にささめきあまき星もあらむ下界の人ぞ髪のほつるる」

『晶子短歌全集』（一九一九）では「夜の帳にささめきあまき星も居ん下界のひとは物をこそ思へ」

不思議である。断然はじめの方がいい。どういうことなのであろう、周囲の批評に影響されたのか、初心を忘れたか、生活苦のもの思いで一編を覆ってしまっている。これらの改作は、この歌の命ともいうべき「今を」という語を置き忘れている。馬場あき子も「分りやすく」するためであったかと疑問を呈しながらも、元の歌の方がよいといっている。（『鑑賞　与謝野晶子の秀歌』一九八一、短歌新聞社）

「原作の方は表現技術に欠陥をもちながら、詩的気韻の豊かさの中で理解を迫る迫力を持っている」と。実作者ならではの見識である。さらに重要な指摘があり、この「星」には明星ロマンチシズムの「星菫」のそれよりも中国古典の匂いがあると。

中国文学の専門家にあるときこのことを尋ねると、ただちに次の詩が示されたのである。

雲母屏風燭影深、長河漸落暁星沈、姮娥応悔偸霊薬、碧海青天夜々心
「雲母作りの華麗な衝立を透かして深々と映るともしびの影、天の川はようやく傾きかけ暁

の星々は沈み始めた。夫の元から不死の霊薬を盗み月の世界へ逃げ去った姮娥はさぞかし悔やんでいるだろう。碧き海のごとき紺青の天空を夜ごと見下す彼女の心」(唐・李商隠)

この詩においても、解釈は二説あるらしい。すなわち、月の女神になった人が暁の薄明の中で後悔なきにしもあらずの風情とする解釈。また一つは、天上と下界の二つの情景が描かれていて男の嘆きと女のそれが対比されているとする説。やはり性的なエクスタシーを表現するには古今東西の天才詩人たちも苦労したらしい。

佐藤春夫『晶子曼荼羅』(一九五四、毎日新聞連載)は読売文学賞を受賞した評伝だが、その『みだれ髪』解釈は次のようだ。

「その節度のないあまりに生々《なまなま》しい実感と、奔放に原始的な表現とを、あっさり情熱的として評価して来ているが、実はホルモンがいまだ完全に昇華し切らないで幾分の原形をとどめた詩歌の半獣半神体とも名づくべきヒステリックな風体《ふうたい》で、青春の狂乱をそのままなのがこの集に独特な美である「みだれ髪」とはまことにいみじくも名付けた」

その佐藤がこの評伝の最後に引いたのは次の歌だ。「とり縋る子らの諸手のまぼろしは無残と呼びて母を追ひ来る」「子を捨てて君に来たりしその日より物狂ほしくなりにけるかも」

母でありながら女であることの狂おしさ、女の多くは子のために男を諦めた。あるいは子のために男と離れられなかった。男の魅力を知らないからだといわれても女の分銅は子に傾く。

そういう女の葛藤を晶子は歌っている。

『みだれ髪』の歌に「神」や「神秘」の語が頻出するのは、たしかに佐藤の解釈通りだろう。わが内なる「獣性」のめざめをどう操縦してよいかわからない。だから「神」を求める。女も身体だけでは生きられない、心だけでも生きられない。それは男と同じである。病気や狂気ではない。晶子の登場の歴史的な意義は、性欲が男だけのものではないと歌いあげたことにある。その愉悦もまた男の占有物ではないと晶子は主張したのである。

明治大正時代のフェミニズムの歴史を学ぶとき、権利の問題に比重がかかる。晶子は欲望を歌に表現した。かつてわたしが高校で教えた国語の教科書に必ず晶子の歌があった。教えられた少女たちが、いまは大人になっていうのである、「歌にきけな誰れ野の花に紅き否むおもむきあるかな春罪もつ子」の歌などはその嫌悪感で忘れられないと。自分の裸が曝されているようで、隠していたいことがあばかれるようで、やはり秘めて置きたいことは包んでいたいと。たぶん当事者であった少女には身体感覚として「紅き」や「春」「罪」に響き合うものを感じていたのだ。それを教壇から大きな声でいってほしくなかったというのだろう。国語教師の苦労はどこかピントが外れていたらしい。

さて、この『みだれ髪』について、晶子自身は『与謝野晶子歌集』(一九四三、岩波文庫)のあとがきに書いている。「私は詩が解るやうになつて居ながら、また相当に日本語を多く知りながら表現する所は（薄田）泣菫氏の言葉使ひであり、（島崎）藤村氏の模倣に過ぎなかつた。後年の私を「嘘から出た真実」であると思つて居るのであるから、この嘘の時代の作を今日も人からとやかくと云はれがちなのは迷惑至極である。教科書などに、後年の作の三十分の一もなく、また質の甚しく粗悪でしかない初期のものの中から採られた歌の多いことで私は常に悲しんで居る」（（ ）内は引用者。

たしかにこの文庫本には『みだれ髪』から十四首採られただけで、いまわたしが考えてきた歌は一つも入っていないのだ。ここにも「そぞろごと」にあったような二面性を見ないわけにはゆかぬ。「嘘」と「真実」などという単純な二分法で自らの文学を省みるとは。若い日の炎のような作品を模倣や嘘で片付けられるものだろうか。しかも、「そぞろごと」にあった二分法は、どちらも切り捨てられない苦しみだったが、ここにあるのは裁断である。晩年の晶子は裁判官のように、みずからの命がけの若さを裁く、「甚だしく粗悪」であるなどと。こういうところが手に負えない。

日本文学史における晶子の意義、未開の分野を切り開いた役割は、極言すれば『みだれ髪』に尽きるとさえ思う。どんな意義か。女の身体を女のことばで描いたことである。それが発する欲望、感受する愉悦、不安、恍惚が晶子によって初めて表現されたのである。もう一人、岡本かの子も女の身体の表現者であったが、晶子に比べると単色である。ちょっと回り道だが比較してみよう。

晶子――三十路をば越していよいよみづからの愛づべきを知りくろ髪を梳く　（一九一〇）
かの子―四十にして乙女のごとく柔らかきおのれが体のむしろくやしき　（一九三三）
晶子――人の身にあるまじきまでたわわなる薔薇と思へどわが心地する　（一九二二）
かの子―くれなゐの花をいとしとわが保尿器《ほっと》椿がもとにあけて笑ましも　（一九三五）

かの子は「明星」で歌人として知られ「青鞜」で開花した。「人妻をうばはむほどの強さをば持てる男のあらば奪《と》られむ」や「男より疲れてかへる裏街もすこし夜露にしめりたる頃」「我が男ほかの女と密事《みそかごと》する弥生ともなりにけるかな」など、分かりやすいだけにスキャンダラスな内容がどんなに読者を驚かせたことだろう。かの子は晶子の促しに応じたのだ。結婚という制度、男という支配への抗議を、あの「そぞろごと」から受け取ったのだ。そしてかの子は晶子の複雑さを持たなかった。晶子のような複眼的認識と無縁に大らかに歌った。
晶子の没後に出た歌集『白桜集』（一九四二）の次の一首に耳目をそばだてた人は多い。夫の死を悼む歌である。

筆硯煙草を子等は棺に入る名のりがたかり我を愛できと

かの子に「おほきなる波を抱きてほとばかりみだらなるわれとなりにけるかも」「みだらなるわが真裸にしみとほりありがたきかも真陽のしたたり」(『深見草』一九四〇)がある。晶子において「名のりがたかり」と歌われたものをかの子は高らかに歌いきる。「みだらなる」といいつつ少女のような透明な裸身が明るい陽を浴びている。

晶子は、かの子では太刀打ちできない豊饒の器、それをたっぷりと歌のことばにした女であった。

三

くどくどと述べてきたのは、晶子が社会に向かって発言する前から、まず自分の身体にたいして強靭なリアリストであったことをいいたいためである。自身の身体を敏感に感じとる力があってはじめて「君死にたまふことなかれ」の「剛速球」が投げられた。

晶子の社会的発言とその歴史的な意味づけについて、香内信子の仕事に頼ることにする。『与謝野晶子——昭和期を中心に』(一九九三、ドメス出版)、『与謝野晶子と周辺の人々——ジャーナリズムとのかかわりを中心に』(一九九八、創樹社)で、大正から昭和への晶子の歩みが検証されている。

大正期の晶子の母性保護論争における活躍は決して忘れられてはならない。このエネルギーの根元にあるものを『与謝野晶子と周辺の人々』から読みとることができる。もっとも大きな出来事が夫の衆議院議員立候補事件であったろう。一九一五（大正四）年三月の選挙には大勢の「文化人」が出馬したことでも有名なのだが、その一人として寛（鉄幹は明治末年以降は本名を用いた・筆者注）は故郷の京都から出た。結果は惨敗、全立候補中最下位の九十九票しか得られなかった。

晶子はこの準備に骨身を削った。まず資金集めに短歌を作り、屛風にして売り、短冊で売った。応援文も書いた。京都だけでなく大阪、和歌山に、文字通りの東奔西走である。しかも出産したばかり、乳飲み子を抱えての旅廻りだった。先ごろ逸翁美術館に展示された手紙でその間の事情が読み取れるが、後述する。

この体験が後の母性保護論争の血肉となった。晶子が体験した政治は怪物だった。その渦に巻き込まれてまったく報いられなかった。一票一票をもつ「大衆」という見えない存在に出会った事件だった。皮膚で感じた日本社会というものであった。「明星」の女王が詠歌の三昧境では決して知ることがなかった日本、しかも屈辱しか残さなかった体験、それが論争の相手である、山川菊栄や平塚らいてうらに立ち向かわせた。たとえ頭脳明晰な菊栄になじられようと揺るがない足元を持った。矛盾も誤謬も弱さにはならない不思議な論争であった。晶子の思想がいまなお支持されるのは、単に多産であっただけではない。もう一つの根拠、あいまいな目に見えない大衆にまみえ、現実の泥を全身に浴びた強さによってである。香内の詳細な検証でそれらをたどることができる。

『与謝野晶子――昭和期を中心に』において、サブタイトルに「昭和期」とことわるのは、それ以前と昭和期とに晶子の転換があるとする考えからである。アメリカの晶子研究者らの論文も紹介しながら、一九二八年春に夫とともに「満州」やモンゴルを旅してから著しく変容したという。そして中国太平洋戦争の支持者になった。四五年以後の研究や評伝にはそのことが触れられていず、生涯平和主義者であったかのような描き方をされているが、昭和の社会状況の中で晶子が複雑にからめとられて変貌したという。

その「平和主義」の象徴があの「君死にたまふことなかれ」である。弟が三人いるわたしはあの詩が好きだ。「あゝ、弟よ」と悲しいときはもちろん、そうでないときも心に呟かれた。そのリズムの快さに身をゆだねるところがあった。「旅順の城はほろぶとも、ほろびずとても、何事ぞ。君は知らじな、あきびとの、家の習ひに無きことを」。なんという啖呵の切り方か、「旅順の城」は政治支配、男性支配を意味している。これを滅ぼうが滅ぶまいがどうでもよいとは、目の覚めるような潔さ。まさに近代市民主義の根幹ではないか。女の自分を励まし続ける詩句だった。

しかし、問題は第三連である。

君死にたまふことなかれ
すめらみことは、戦ひに
おほみづからは出でまさね
かたみに人の血を流し
獣《けもの》の道に死ねよとは
死ぬるを人のほまれとは
大みこゝろの深ければ
もとよりいかで思《おぼ》されむ

この詩は冒頭「旅順口包囲軍の中に在る弟を歎きて」と添書して、一九〇四（明治三十七）年、九月号の雑誌「明星」に発表された。そしてたちまち論争の渦に巻き込まれた。すでによく知られていることだが、賛否の議論の、否定の代表は大町桂月、対して晶子は「ひらきぶみ」を「明星」に乗せて反論した。

久しぶりに『与謝野晶子評論集』（岩波文庫）で読み返していろいろと気づくところがあっ

た。どういうわけか、この「ひらきぶみ」をわたしは桂月への公開書簡と思いこんでいた。実際は、たまたま堺の実家に帰っていた晶子から東京の夫への私信という体裁になっている。

「私風情《ふぜい》のなま〳〵に作り候物にまでお眼お通し下され候こと、忝《かたじけな》きよりは先づ恥しさに顔紅《あか》くなり候」と最大級の謙遜をしておいて、「この御評一も二もなく服しかね候」と斬り返す。この論法はその後の晶子の一つの型となる。すなわち、これ以上ないほどにへりくだった後で鋭く返す、合わせ技ともいうべき手法である。

「歌は歌に候」は晶子の毅然とした反論であるはずだ。そのように語られてきた。一例を挙げよう。竹西寛子『陸は海より悲しき物を』(二〇〇四、筑摩書房)でこの詩についていう、「定型にやわらげられた迫真の強さで近代に屹立するが、桂月への反論も又それに劣らぬ毅然とした文章である」。ついでに竹西が紹介する塚本邦雄の評は「不朽の七五調の告発詩、すなわち『君死にたまふことなかれ』の、愕然たる、切れば血の出るすさまじいヒューマニズム」というのだそうである。あまりのすさまじい讃美に思わず孫引きしてしまった。

詩「君死にたまふことなかれ」はそうであったとしても、反論は子どもや実家のようすを伝える長文の手紙に紛れこませてある形だ。末尾には留守中に庭のコスモスを刈りとらないでと書いてある。そこでの議論というのが奇妙である。もう一度経過をたどってみる。幸いに中村文雄『君死にたまふこと勿れ』(一九九三、和泉書院)がある。それによれば、この論争は晶子と桂月の間でなされたというよりも、新詩社が結束して桂月の批判を迎え撃っている感じである。

晶子の引っ込み方が気になる。そして唐突だが、晶子の写真を思い出すのだ。とくに集合写真の晶子は異様なほどカメラから眼を逸らしている。一人視線を外してあらぬ方を見ている。その印象と「ひらきぶみ」のスタンスには共通するものがある。桂月をしっかり見据えてはいないのである。

この論争をたどるといっても、誰がどうした、こういったということが今の目的ではない。「歌は歌に候」という晶子の真意を探りたいのである。これは彼女にとってだけでなく結社「明星」全体の「歌」とは何だったかを語る事件であった。中村の研究では、晶子を擁護して桂月にまず反論したのは剣南（角田謹一郎）であった。桂月の「乱臣なり、賊子なり、罪人なり」「日本国民として許すべからざる悪口也、毒舌也、不敬也、危険也」という有名な批判は、この剣南とのやり取りの中で発せられたものである。これが一九〇五（明治三十八）年一月、「太陽」誌上でのこと。

次に出てきたのは「明星」新詩社の男たちである。与謝野鉄幹と平出修、それに当時東大生だった生田長江である。彼らはうち揃って桂月の屋敷に赴く、一月八日。「蜀紅園」と称された二万坪の邸宅は春日局の別荘跡という。このときの記録が「明星」（二月号）に掲載された。

問題の第三連について、三人は新詩社の解釈を桂月に示した。

「天皇陛下は九重の深きにおはしまして、親しく戦争の光景を御覧じ給はねど、固《もと》より慈仁の御心深き陛下にましませば、将卒の死に就いて人生至極の惨事ぞと御悲歎遊ばさぬ筈は有らせらるまい。必ず大御心の内には泣かせ給ふべけれど、然も陛下すらこの戦争を制止し給ふことの難く、已むを得ず陛下の赤子を戦場に立たしめ給ふとは、何と云ふ悲しきあさましき今の世のありさまぞや」

これが晶子の擁護者たちの発言である。驚くべし、桂月にすでに寄り添ってしまっている。さらに彼らはいう、大塚楠緒子の「お百度」――「ひとあし踏みて夫思ひ、ふたあし国を思へども、三足ふたたび夫思ふ、女心に咎ありや」は、なぜよくて、晶子は危険なのかと。この詩は「太陽」一月号に載ったものだが、新詩社側のあまりの愚問に、もう一度驚く。桂月は「君達のような解釈によれば、晶子女史の詩は平凡無趣味ということになる」と反論する。こちらがずっと正論である。つまり、晶子の詩は非凡の才能が生み出したものだ、「お百度」とはわけが違う。これを見過ごすと、国家存亡の危機を招く、というのである。つまり、桂月の方が晶子を認めている。

大人の桂月は、三人の若者がそろって出向いたことに免じて矛を収める。「この詩は全体的にいえば、女の愚痴である。駄々をこねた姿である」と態度を和らげ、この詩の危険性は「聖徳を汚す、国家を詛うの類」にあると念を押す。最終的には自分の「乱臣賊子」という語も不穏であったという。晶子女史には気の毒であったとした。男たちの争いはこうして収まった。

平出はこの記録の最後に「如何に桂月氏の言う所の曖昧、矛盾、妄断、支離滅裂なるよ」と感想を記している。すべて自分たちに返って来る負け犬の遠吠えのようだ。しかも、晶子を後ろに下げて新詩社の気鋭が出かけたことは、桂月に「女の愚痴」といわせる結果となった。

新詩社が「聖徳」を讃えるさまは桂月に劣らない。「陛下すらこの戦争を制すること難く」とは、その後の戦争でも繰り返された。そして「已むを得ず陛下の赤子を戦場に立しめ給ふ」と晶子の詩を解釈する。「君死にたまふことなかれ」の女の反戦的抵抗はすっかり様を変えてしまう。桂月は誤解などしていない。むしろ、彼ら同人たちよりも晶子の詩と才能を高く評価しているのである。そして「女の愚痴」が国家への強烈な抵抗になっているのを恐れている。

この第三連が好きになれなかった理由の一つは、戦争を「獣の道」とは何ごとかと思うからだ。「獣欲」とか「獣性」という語がしばしば用いられる時代でもあったが、獣は戦争をしない。そのような殺し合いをしない。戦争は国家をつくる人間がする。号令をかける責任者がいて起こす。『ひとはどのようにして兵となるのか』（一九八四、罌粟書房）を著した彦坂諦はいう、「戦争の時代がありました」とテレビのナレーションで聞いて「戦争は台風ではない、国家の決定によってなされる」と。政治そのものである戦争を「獣の道」というとき「すめらみこと」の聖性がひときわ強調される。論争の両者は、そのことを少しも疑っていない。戦争の責任者はいうまでもなく宣戦布告をした「すめらみこと」である。その命令によって獣のような戦いをし、獣のように死んでいった兵たちは、どこに抗議をすればよいのか。「制しかねて」起こした戦争は昭和にもあった。

晶子が置き去りにされた論争であったが、中村はその後の「君死にたまふことなかれ」論を丁寧に調査している。二十人ほどの研究者（歴史学、文学）から詩人、小説家、この詩に曲をつけた音楽家など。ここに興味深いのは、歴史家・服部之総と家永三郎の対照的な評価である。服部は天皇制批判の詩だと高く評価し、家永は一級品とはいえぬが厭戦歌だとする。詩を論じながら自分を語らせてしまう力をこの詩は持っていた。

やがて晶子は第一次世界大戦時に「今は戦ふ時である」と歌い、太平洋戦争においては「猛く戦へ」とわが子を激励する。これを晶子の転換、反体制から体制支持への転向と見る批評は多い。しかし、厭戦的な「女の愚痴」であってもともと抵抗的なものではないとするなら、思想として深まる力をもたぬままに、時代の流れでどのようにでも変転するといえるのである。

長々と見てきたように、晶子の直感は体の奥深くからマグマのような炎を発した。「女の愚痴」のように見えながら爆薬を内包するものもある。「君死にたまふことなかれ」は鋭く国家に向き合う危険物だと感じた人たちがいた。それが左翼である場合も右翼である場合もあった。

そういう不思議な一面がこの詩の魅力である。

歌うことで鍛えられた晶子の直感は、たしかにこのとき国家の論理に対峙したのだ。だから体制支持者たちを怯えさせたのである。その直感を、百年後の穂村弘が「剛速球」といい、「火の玉」といった。

四

与謝野光が『晶子と寛の思い出』（一九九一、思文閣出版）にこんなことを言っている。

「ひらきぶみ」にもありますように、「歌は歌である」ってことなんですよ。（中略）「わが四郎猛く戦へ」っていう歌がある。「変節じゃないか」って。そうじゃないですよ。（中略）「せっかく征くんなら雄々しく征きなさい」って……。これも親の情なんだよね、一面において、（中略）歌なんだからね、これは。

歌人として、本当の心情を歌っている点はちっとも変わりはないんですよね。下手な狭い意味での主義者で変わったとか変わらないとか、そんなのはないんですよ。平和主義で一貫はしてるけど……。思想が変わったというようなのは（笑）ありませんよ。

歌じゃあないですか——この息子の批評は、発表当時の鉄幹や平出らの口調にとても似ている。彼らの口にかかると、晶子の歌は実に融通無碍だということになる。「歌じゃあないですか」は、晶子自身の「歌は歌に候」と同じであろうか。同じにとられて当然の表現である。しかし彼らの態度には、やや「歌」への蔑視、少なくとも軽視があるように見える。明治に彼女を擁護した人たちにもそれは共通していた。その自覚がないところが恐ろしい。晶子のために弁じていると思っているところが不気味である。しかも彼らはみな「歌」に対して並々でない自負をもっている。

「歌は歌に候」とは、分かる人には分かる、分かる人に分かってもらえればそれでよしとするニュアンスを持つ。眼を逸らして抗弁しないが、燃えるような自負心、直情の激しさを投げ出して、好きに解釈せよというところがある。これは直球ではない。

「君死にたまふことなかれ」は戦後に再び蘇る。戦後民主主義の聖典になった。国語教科書の花となった。学校生活の大切な思い出にしている人は少なくない。母校の堺女学校跡には、この歌碑が立っているが、第三連は彫られていない。

与謝野晶子とは何ものか。「山の動く日来る」と高らかに歌った人、近代女性史の偉大なる先駆者、その巨大さの意味は何か。

大いなるツアラツストラの蔑みし女の中にわれもあるかな　（一九一二、『青海波』所収）
蛇の子に胎を裂かるる蛇の母そを冷たくも時の見つむる　（同）

ニーチェの『ツアラトウストラはかく語りき』は明治・大正期のベストセラーだった。多くの人が愛読し引用したが、晶子も「そぞろごと」に、らいてうも「元始、女性は太陽であった」に用いている。『ツアラトウストラ』にこんな一行がある。「女は何もかも謎だ。だが、女の一切の謎を解く答えはただ一つである。それはすなわち妊娠である」

毎年のように妊娠と出産を重ねていたこの当時の晶子は、はたしてツアラトウストラに解ける謎だったろうか。その晶子の、彼に「蔑まれている」という自覚には無残なものがある。産褥での苦しみの中にいる女を冷たく見つめる「時」とは、男性支配の歴史であるということだろう。

この救いのなさをこう歌いえたということは、問題を相対化できたことでもあったのだ。だから、少なくとも自分が動物として孕み産むのだと実感したとき、晶子の歌は初めてわたしを支えた。それを歌にできた女がいたことは希望であった。

詩「君死にたまふことなかれ」がなぜ体制支持者を震撼させるか、それは産む性がずっしりとした手ごたえで立ち上がったからだ。男の政治体制にしっかりと向き合ったからだ。だから敏感な大月桂月を激怒させた。それが「歌」の力である。

「歌は歌に候」は女を冷たく見下す「時」の支配への拒否である、晶子の最初の直感ではそうであったにちがいないのだ。だからこそ、大正期に入ってあのような果敢な議論「母性保護論争」の担い手になれたのである。妊娠出産は女一人にのみ課せられるものではない、国家的な仕事だ、ゆえに保護されねばならないとする平塚らいてうに対して、晶子は「平塚さんは『国家』と云ふものに多大な期待をかけて居られるやうですが、この点も私と多少一致しがたいやうに考へます」（一九一八、『太陽』六月号）といい返した。すでに「あきびとの家の習ひに無きことを」といいきって、国家の支配に疑問を呈してきた晶子である。伝統的な先進都市・堺の商人は、一見天皇主義者のように見えながらどこかで疑っている。

しかし、「歌は歌に候」とは、中身のない空っぽの表明でもある。その空白に白けたものを拭えなかったし、反戦歌であるという立場で擁護ができなかった。晶子の精いっぱいの戦いを「剛速球」として受け止めなかったのだから、「火の玉」のことばの行方も確かめられていない。その反省がいまわたしにこれを書かせている。

晶子は、敗戦を知らずに逝った。もし、戦後を生きたらどのような発言をしただろうか。老いた晶子はどのように歌っただろう。戦争の責任とどう向き合っただろう。さまざまな詩人、作家たちの敗戦時の発言を読むとき、能舞台の後シテのように与謝野晶子が立ち上がってくる。

後日ノート――晶子の手紙

手紙を貰うのも好きだが、書くのも好きだ。そろそろ片付けなければと思うものの中に長い年月の手紙が相当に溜まっている。それはわたしが書いた手紙もどこかで古物になっていることだ。親しい人が亡くなるとそっと手紙を取り出して読み返す。父からの手紙も百通以上あった。手紙をめぐってのもの思いは単純ではない。

作家研究の際にもその人の手紙を読むのが好きで、「読後火中」とか「後は破棄してくれ」とか書かれているのを目にすると思わず苦笑する。百年後にわたしが読んでいるのは書かれたことが実行されなかったからだ。こういうことは書くだけ無駄であるらしい。また、秘めた恋の手紙が市場に出回ったりする。裏切りに遇う差出人も裏切った受取人もすでに故人、苦笑は消えて苦みが残る、といいつつ、人の手紙を飽かず読んでいる。

大学で近現代文学を担当してテーマの一つを樋口一葉に決めた。小さい教室で十五年間その日記を読んだ。短い生涯に書かれたたくさんの手紙を日記と合わせて読むと、一葉像の陰影がいっそう深くなる。しかも来簡集まで整備されているから、いくつものドラマを探りあてることができる。

池田市にある逸翁美術館で「小林一三と与謝野晶子展」が開かれている。新出書簡が展示されると新聞が報道していた。小林一三は阪急電車の創始者で、その所蔵品が「逸翁美術館」に展示されているのである。これは見のがすことができない。友人を誘って四月の午後、晴れたかと思うとぱらぱらと光の中に雨が落ちてくるような肌寒い日に出かけた。新装なったこの美術館に入るのは初めてである。桜は大方散って八重桜がぽったりと満開を迎えている。ひらど躑躅も蕾をふくらませていて、時ともなく来る雨に緑が滴っていた。一三翁の住居は別に「雅俗山荘」として公開され、レストランになっている。大阪の有名ホテルでシェフをしていた人が饗するランチは人気だ。深々とした庭の眺めもご馳走の中に含まれている。二階の「夫人室」に入ると同伴の友人はため息を漏らす。庭のいちばんいい眺めを一人占めにしてキッチンもバスルームも備わっている。大邸宅でもこんなのは珍しく、一三のフェミニズムは並みではない。しかも彼の財力からみると簡素な規模の住まいだ。

小林一三への晶子の手紙は想像していた通り金銭援助の依頼であった。小林政治宛の手紙に度重なる借金の頼みを見て来ているので驚かないが、こちらもなかなかの大金である。小林政治は大阪の毛織物業者であるが、若くして文学に志し「天眠」と号した。与謝野家に生涯を通して経済的援助を惜しまなかった。彼の三女が晶子の長男・光と結婚している。一三と政治は別人である。

手紙の魅力は「恋愛」と「借金」に尽きる。一葉が教えてくれたことだ。晶子は一葉の六つ年下である。

新出書簡は二通、一つは昭和十一年十一月十二日付のものであった。

「啓上

御清健にいらせられ候御ことをよろこび居り申候。いつも御無沙汰の御わびのみを申上げねばならぬ私を恥ぢ入り候へども御ゆるし下され候こと〻存じ申候。

さて今日御相談申上げたく存じ候ことは、これもまた御寛容を頼みといたしたる筋にて、心ぐるしく候へども申上候。私の子供皆大人になり候て、昨年御留守のころに一人、この秋に一人結婚いたさせ候ひし男の子があり候ひしに、またこの春女子大学をいで候ひし五女の縁談まとまり候て、十五日に結納のまゐり候こと〻なり、今年のうちか来春までかに、先方へ遣はさねばならぬこと〻相成、いろ〳〵と費用等に苦心いたし居り候が、故人の残し候ひし絵画等を少し買ひ下され候方をもとめ候てそれにてなど勝手なることをおもひつき候。アンドレ・ロオトの十五号くらゐの巴里郊外の絵（いつぞやよその展覧会にお貸したるものに候）それと梅原良三《ママ》郎氏の裸婦の画二枚、一つは油絵、一つの方は二十号ほどのパステルに候。その三枚の画を千五百円にて買ひ下され候方のあり候はゞ、この際まことに苦労が少なくなり申ことに候が、あなた様か、またどなたかのいゝところにさる絵おひきとり下さることかなふまじく候や。金高など高きかもしれず候へども、私は入用の金子をそれにあてはめて考へつき候などの野蛮なる幼稚なるうりてに候が、この際の心を御同情下され御ゆるしもたまはらばうれしかるべきことゝ存じ御相談申上げ候ことに候。かく申上げながら身より火の出づるごとく恥ぢ入り居り申候。奥様にもよろしく御つたへ遊ばされたく候。いつもながら本年も松茸を沢山頂戴仕りかたじけなく存じ申候ことに候。かしこ」（句読点は『与謝野晶子と小林一三』思文閣出版による。以下同じ）

こうして引用していても一行の省略も許さないような張り詰めた文面である。あまりの細筆とその小さな文字に弱々としたものを感じていたのだが、繰り返し読むほどにこちらを怯ませる気迫である。後へは引かぬ覚悟、大げさながら背水の陣に立つ晶子の構えを見る。このときの「アンドレ・ロオト」の油絵のみ脇に展示されている。梅原の絵はその後、買い手があったのだろう。

一三はすぐさま応諾の返事をしたらしい。十一月十四日付で「ぶしつけにわがまゝなる御ねがひを快く御入れ下され候ひしことのあまりのうれしさに昨夜御文を拝見いたしながら感激のあまりに筆もえとり申さず候ひき、厚く〳〵御礼申上げ候」。うれしくて眠れなかったと書いている。二日後のこの喜びようは一三の人柄を語ってあまりあるものだ。お金のある人は違う、しかし、お金があってもこうはいかない場合も、たぶん多い。

率直この上ない返書を晶子に書かせた二人の関係が美しい。こんな晶子の素顔は短歌でも評論でもめったに見られない。真率さが迫って来て、愛の手紙はこれほど鋭く斬り込んで来ない。お金と愛では、駆け引きも企みも自ずから異なるということなのであろう。ほんとうに眠れなかったのは依頼の手紙のときだったろう。

昭和十一年といえば鉄幹が逝って一年、鎌倉と京都で一周忌を営む。翌年には三回忌、その上相次ぐ子どもたちの結婚である。五十八歳の晶子は昔の苦労とは異なる重荷を背負う人であった。「お金がないのなら、なんでこんなに金のかかる結婚をさせたのかねえ」と思わず口にして館員ににらまれた。

二度三度と陳列ケースの前を行き来して新出書簡を眺める。小さな細い仮名書きに初めは戸惑い苛立ったが、なかなかに強い文字であることが分かる。節々にしたたかな力が籠っている。

また、「借金」の手紙と思っていたがそうではなかった。三枚の絵画を引き取ってもらいたい、あるいは買い手を見つけてほしいということである。それであるのに、こんなに恐縮している。「野蛮な幼稚な」売り手などと最大の卑下をして「身より火の出づるごとく恥ぢ入り居り申候」と書く。一三は晶子より五歳年長で、ああ、一葉と一三はほぼ同年なのだ。

その一葉もまた多くの借金依頼の手紙を書いた。明治二十六年二月二十七日の三枝信三郎宛ての手紙を「借金の申し込み」と思って読むと、借金返済の延期を頼んでいるのだった。晶子のように一葉も「わがままの願い」といっている。一葉にわがままに使える金などなかった。宛先の三枝は真下専之丞（晩菘）の甥、真下は幕末から明治にかけて時代の波に乗って大成した甲州人であるが、一葉の父が彼を頼っていた関係から樋口家の大きな支えであった。父の没後、窮迫するたびに一葉は三枝に借金を申し込んだ。したがって重要な手紙の相手なのだ。日記には三十円、六円と借りの金額がいくつも記されている。

二人の金額の差に驚くが、一葉にも千円というイメージはあった。久佐賀義孝という相場師を自称する人物に初対面のあと申し出た金は千円だった。そのいきさつも手紙に証拠となって残っているが、明治二十年代の「千円」と昭和十年代の「千五百円」という金額には時代の違いがあるにしても、誰にでも真似のできるものではなかったであろう。いったい今のいくらぐらいに当たるのだろうか。友人は即座に晶子の方を「千五百万円」という。帰宅してから『年

表　昭和の歴史』（小学館）の「くらし」の欄を見ると、小学校教師の初任給は五十円。友人の見当よりもう少し高いかもしれない。

三枝家に保存された手紙はどのような経過をたどって世に出たのか。せいぜい三十円前後の借金をめぐる手紙が市場でどのような値段となったか興味のあるところだ。あるとき古書目録で一葉の葉書が出品されているのを見たが百五十万円。宛先から触手の動くようなものではなかったが、たとえ欲しくてもその値段ではどうにもならない。閑話休題。

一三と晶子の交流を展示品から見ると、明治末年ごろからである。図録の編集者・伊井春樹（逸翁美術館館長）によれば、晶子がはじめて一三に手紙を書いたのはやはり金策のためであった。鉄幹を欧州へ渡航させるために「百首屏風」の計画を立てたが、結果は「かねておもひ居り候ひし四分の一にも足らず」というありさまだった。軸ものの一つでも買い取ってもらえないかということである（明治四十四年九月二十二日）。当時一年間をヨーロッパで過ごすには二千円が必要だったらしい。

先に記したように、それまで常に経済援助を続けてきたのは小林政治である。彼にあてた手紙を『與謝野晶子書簡集』（岩野喜久代編）で読んだが、その頼り方に壮絶の感じを持った。すがる方も大変、される方はさらに大変であったろう。彼に加えて小林一三や山口吉郎兵衛（銀行家）らも晶子を経済的に支えたのである。それら関西の財界人の中での一三の存在を示すのが今回の展示である。
淡い照明の下の手紙は、どれも金策に尽きているといっていい。欧州がえりで奮起するはずだった鉄幹は、その転轍機を政界の方面に切った。「理想的選挙」を目指して衆議院議員に立候補したのである。晶子はまたまたお金の工面に奔走せねばならない。前述した出来事である。
「さて此度慎重な考慮と冷静な判断との上に良人は郷里の京都府郡部から代議士候補者として立つことに決しました。勿論必勝を期してのことで御座います。しかるに出来るだけ理想的撰《ママ》挙に近い方法を取りますにしましても四千円の実費を要します。それには良人の方で二千円の出資の道はあるのでございます。あとの二千円を私は少数の篤志の方にお願ひして作りたいと思ふので御座います。あなた様に私が折入つてお願ひ致します。帝国議会へ一人の新思想家を送ることに御賛成下さいまして何卒百円を私にお恵み下さいまし。御厚意に対しましては私は終生出来るだけの御報恩を致します。突然で恐れ入りますが必要が迫つて居ります。（後略）」（大正四年二月二十日付）
「慎重」「冷静」「理想的選挙」「新思想家」と大上段に記しながら、本音では「お恵み下さいまし」「終生出来るだけの御報恩」というところが泣ける。これらのことばを一三がどう読んだか、それが容易に想像できるのもまた辛い。鉄幹の選挙は惨敗だった。彼自身は妨害工作によって落選したといっているが、鋭い現実主義者の実業家もそう見ていたかどうか。

こんな感慨に陥りながら晶子の『私の生い立ち』（一九八五、刊行社）を思い出したのはどうしてだろう。それは晶子が幼年期を回想したものだが、没後も久しくして刊行されることになった経緯を「後記」に長男の光が書いている。

「婦人之友は順調に発展して行きましたので羽仁（もと子）女史は、傍ら少女向けの雑誌刊行を企てられ、大正四年の頃「新少女」を発刊される事になりました。乞われて、母は創刊号から娘時代の想い出を連載したのですが、不幸にして、新少女は間もなく廃刊となり、今日では婦人之友社に只一連丈け残るに止まり、従って、母の作品も永く埋れて了って今日に及びました」（（ ）内は引用者。

その幻の作品が七十年後に、児童文学研究者の上笙一郎に発掘されて公刊となったものだ。竹久夢二の挿絵が入る美しい本である。「私の生い立ち」と「私の見た少女」と二章に編集されて、前者には明治の堺の街と、そこに生きる人たちの姿が描かれた。

忘れがたいのは後者である。少女期に出会った友だち四人、一人は晶子を羨ましがらせる大地主の一人娘だが、実は養父母に育てられていた。もう一人の前で晶子は「早稲田文学」を「せわだ文学」と間違えた、その恥ずかしさが今も忘れられない。人形のように美しいいま一人の少女は同い年のいとこ同士で、祭の時も比べられて「姉さんが一番綺麗や」と人々に囃される。しかしやがてその人が「私よりも醜くなったと聞くのが嫌でなりませんでした」。もう一人のもっとも優しい美しい少女の家を訪れた思い出では、広大な屋敷に怯えて晶子はすぐに帰りたくなる。また二人で学校の昼休みに「お旅所」へエスケープする。そこで「男も女も混じった子供の乞食がばらばらと」二人を取り囲みお菓子やお金をせびる。

少女たちの堺弁が大阪や京都、神戸と微妙に違うのも面白いし、その時代の子ども風俗、とくに着物や帯の色と、模様、おもちゃ遊びの数々、大人とのやり取りなどがなんともいえず鮮やかで楽しい。それなのに、どうしてか暗いさびしい読後感がつきまとう。恵まれているはずの少女たちの不如意、子どもにしか分からない切なさ辛さ、真意を理解してもらえなかった悲しみが覆っているからだ。幼年期を思い出してこんな暗い語り口になるのはどういうことだろう。回想記の温かさや華やぎがないせいで忘れがたい。

この大正四年といえば、あの「お恵み下さい」という手紙を書いた年である。『與謝野晶子書簡集』（一九四八、大東出版社）でそのころの手紙を見るとこちらを青ざめさせるものがあった。次の手紙である。

小林様。悲しきことになり候。こひしきは巴里のおもひでにあらず、一昨日になるまでの唯ごともこひしく〳〵候。

良人にヒステリーが私をにくませ候。私自らもとよりわろしとしり居り候へど、さりとも私の恋は子にめんじてなどと云はず、子が親をおもへるより幾倍かの大きさにおもへる人には、何もめんじてゆるしくれてよろしからずや。

私は死ぬべきか苦しきに堪ふべきか、一人なるはこの二つの外にみちなきに候かな。

小林様。私をおすくひ下されたく候。良人を私にお与へ下されたく候。

せうとつのあとのちんもくに堪へかねて、そをやぶらんことばとして
「分れて」

死なんと云ふとひとしく申せしに候。本心かととはれて私はこたへず候ひしを。良人のこひしく、今のあぢきなきこと死にまさり候。小林様、私は私のふびんを見て泣きくるゝ良人をしり居り候。さらば。


晶子（大正三年十二月二十七日、小林政治宛）

十二月初めにも妊娠中の晶子は入院先の三番町榊病院から政治に手紙を書いている。右のは退院後に出したものだ。同じ日に政治の妻・雄子宛。


君にかく長き時間を疎まれてありしことなし。

この三日一時は一時よりふかく、死を千も集めたる悲しさ苦しさをあぢはひ候。巴里へま

ゐりし私をお忘れ下さるまじく候。

つみはつみとして

最も重きなれど

死なんといく度もおもひ申し候ひき。先ほどふとわれ自殺せじとおもひ給へるは、誠は私の恋の大なるを信じ居給へばなりと思ふにいたり、死なずして君をまたざるべからずと、こののちのそれまでを心細く〳〵おもひ申し候。君よ私におかへり下されたく候。子に許してなど申さず、私こそ子を千倍せるおもひを君にもち居り候を。君よ、私を愛し給はぬや、私をうとみたまふや。

別居などといふおそろしき計くわくは、一秒も御胸を早くされ。先程小林氏へかきし手紙の頃私は死なんとおもひ申しき。今は苦しくも〳〵生きてまた逢ふ時をまつ苦しみを、いたし申さむとおもひ候。

私はこたつに向ひあひたるちんもくの苦しさに、無茶にてことばを発し申せしに候。

御ゆるし下されたく候。

晶子

君のもとに

一口の水も形の上もいかに努力しても食べられず候。

驚くべし、これは鉄幹に宛てたもの、血の噴き出るような手紙であった。小林夫妻の困惑やいかに、彼らは晶子にとって肉親以上の存在であった。心だけではなく腸《はらわた》までも晒して訴え止まなかったことを語る二通である。こういう時期に書かれた回想記が『私の生い立ち』である。あの文章の暗い影は家庭生活の悩みと関係している、妊娠中の身体が発するヒステリーの苦しみを引きずっている。

思いついて評伝や小説を確かめてみると、研究者も作家もこのときの夫婦喧嘩を省いている人はいない。たとえば渡辺淳一は「寛の家出によって、晶子がいかに狼狽したかがわかる」、南条範夫は「見栄も恥も誇りも、一切打ち捨てた、悲痛な可憐な美しい手紙であった」と書く。田辺聖子、逸見久美、山本藤枝、山本千恵などの女たちはさらに精魂こめた思い入れでこの事件を書きこんでいる。そこにこの手紙は引用されている。だからわたしも読んでいるはずだった。しかし、物語の中に据えられたものと独立した手紙として読むのとでは大きな違いがある。物語の一部になると手紙のことばは薄められるようだ。そしてその陰影も淡くなる。

一個の手紙は、大げさにいえばそれ自身で完結した世界である。手紙のことばは相手の胸に一直線に突き刺さる。とくにこの場合のような死を決意しているものは鋭い刃である。沈黙の喧嘩の果てに鉄幹は家出をしてしまう。妊娠中の晶子は年の瀬の押し詰まった貧しい家の中に子どもとともに残されてこの手紙を書いた。息ができない辛さだ。小林政治に宛てたのは、晶子よりもさらに貧しい鉄幹が身を寄せる場所としてはそこ以外にないという悲しい直観からであった。予想通り、そこにいた鉄幹へもひれ伏して訴える。

手紙の魅力の肝腎のことを晶子は教えてくれた。一通の手紙を独立したものとして、取り巻く事情を知らずに読むこともときには大事なのだ。『私の生い立ち』の暗さの秘密もここにあるのだと察しられる。この夫婦喧嘩に仲直りはあったのだろう。その後、二人揃っての歌行脚も全国各地に及んだし、子どもも次々と生まれる。

そして晶子はこの後いよいよ活発な論陣を張って歌人の領域を越えていく。母性保護論争で平塚らいてうらと激しくわたり合う。鉄幹の憂鬱に付き合っていられない忙しさだった。それは家内闘争と無関係に展開されたのではなく、むしろその苦悩がこれらの業績の血肉となった。歴史に残って訴え続ける力がこうして育まれた。経済的な担い手としていよいよ重く肩にのしかかるものも思想を深くした。その覚悟が晶子の思想を磨いたのである。

一葉の手紙がどんなに生活の困窮を嘆くものであっても貧乏くさくないのはその文字にあった。何ともいえず伸びやかな堂々たるものである。日記はすべて影印で出版されたので手元で文字を眺めることができる。しかし、手紙の多くは展示会場でケース越しに見るので、細部までためつすがめつというわけにはいかないが、一度だけゆっくり見る機会があった。あるとき逆瀬川（宝塚市）の裏道を自転車で通ると「伊和志津神社」という名前が眼に入ってきた。大きな鳥居といい深い杜といい、由緒ありげに見える。それより何より、どこでこの名前を目にしたのだったか、一瞬のあと、一葉全集の注記にあったことを思い出した。関西では珍しく一葉の手紙を所蔵している神社であった。

突然の闖入にもかかわらず若い女の神主はわたしのぶしつけを許したうえで、あらためて伺いたいという願いにも了解を示された。父上の所蔵であったものを受け継いで間がないらしかった。それは不思議な軸もので、二通の手紙が一つの軸に表装されている。やはりお金にまつわる手紙である。

晶子の手蹟はその細さや小ささでわたしを驚かせたが、晶子の声が小さかったと語る人がいたことを思い出した。声と文字には共通性があるのかもしれない。「肉筆」というのだから文字はことばの身体である。作家たちの肉筆原稿が展示されることはこれから先どう変わるだろう。原稿の文字も私信のそれも肉筆文字の余命はどれくらいだろうか。表現と文字との関係を論じることはやがてできなくなる。

「痩金体」というのが中国にあるが、晶子のは明かに和風の女文字である。その細い手蹟は、あの豊かな作品群と釣り合わない。また稀に見る多産、一年置きの出産という驚くべき生命力とは結びつかない。

思いあぐねて晶子の歌集を見ていたら次の歌があった。

冬の空　針もて彫りし絵のやうに　星きらめきて　風の声する　（『晶子新集』一九一七）

針で彫った文字、なるほどこれである。ガラスケースの文字に悩まされながら、釘で書いたような……と見たとき、あの有名な歌、「劫初《ごふしよ》よりつくりいとなむ殿堂にわれも黄金《こがね》の釘一つ打つ」（『草の夢』一九二二）を連想したのだが、「黄金の釘」というには、晶子の手は地味で控えめな味わいだ。そうだ、冬空の星のようにこれは光り、そこから風の声がたしかに聞こえる。寂しく寒く孤独ではあるが、何ものも恐れない強さと誇りに明滅する文字たち。

逸翁美術館展示場には鉄幹の手紙もあった。彼自身がしばしば「悪筆」と書いているが、それは卑下でもないと肯われておかしい。筆跡においても並べられると見劣りする、鉄幹の人生も大変だったのだ。

今回は、手紙だけでなく、屏風、短冊、色紙、歌帖など百を越える作品が出ている。手紙とそれらを照合すると、一三に対しては「あなたにだけ差し上げる」とした「源氏物語礼賛歌」が別の手紙で九条武子や小林政治の妻にも送られたことが判明する。これも手紙の辛いところだ。「書いたものは残る」は怖しいこと。

このように晶子の作品は、すべて商品なのである。小林一三との組み合わせでそれが明瞭になる。財布を開かせる「歌」であり、その価値は値段に反映する。そう思って薄暗い会場で数知れぬ短冊に向き合っていると、「針ではない、黄金の釘ですよ」と晶子がささやく声で反論する。たしかにこれらは黄金になる歌なのであった。

わたしが作家の手紙に惹かれるのは、商品以前を感じたいからである。手紙は「売る」文章ではない。そこにその人の素顔がある、それに向き合いたい。歌を売り続けねばならなかった晶子の、唯一売らないことばがこの手紙たちだ。その細い筆跡は、一見弱々しいが、したたかで微塵も卑しさがない。

「借金の手紙書いたことある？」

「ない」

借金の手紙を書かなかったわたしは、いま愛の手紙を書く。宛先は九十五歳の母である。ベッドから自力では動けない母も手紙を読むことができる。毎週一枚の便せんに何を書くか。励ますことばを探す、慰める文章を考える。生きていることには意味があると伝えるのは大仕事である。

もう一人わたしの手紙を待ってくれる人、K子さんは七年前から目が見えない。全然見えないのではないので、巨大な拡大鏡を購入した。「補助金が出たのよ」とうれしそうだった。庭も家もきれいに磨き上げて、静かで落ち着いた一人住まいを続けている。目が不自由とは一見して分からないので「介護認定の人がほんとですかっていうの」と苦笑する。

K子さんは拡大鏡に集中すると船酔いみたいになるという。彼女に手紙を書くとき、読むに値するかと自問する。母にもK子さんにも筆で書く。晶子の、あの数限りない短冊は最後まで品を崩さなかった。そのことを胆に命じる。

「わが詩をよみて人死に就けり」——高村光太郎

一

与謝野晶子なら敗戦後どのような発言をしたであろうかと思うとき、高村光太郎の詩「わが詩をよみて人死に就けり」を並べている気がする。これほど強烈にあからさまに自作の反省を歌った人はいないからでもあるが、敗戦の現実を前にして焦土となった花巻の地で、隠棲を決めた山小屋で歌われたことが、また印象を比類ないものにしているからだ。

昭和十七年（本稿では昭和の元号を使う）の晶子の葬送にあたっては光太郎が「明星」を代表して弔詩を朗読した。この縁もわたしの連想を援けている。

与謝野夫人晶子先生を弔ふ

五月の薔薇匂ふ時

夫人ゆきたまふ。
夫人この世に来りたまひて
日本に新しき歌うまれ、
その歌世界にたぐひなきひびきあり、
らうたくあつくかぐはしく
つよくおもく丈ながく
艶にしてなやましく
はるかにして遠く
殆ど天の声を放ちて
人間界に未曾有の因陀羅網を顕現す。
壮麗きはまり無く
日本の詩歌のためにかがやく。
夫人一生を美に貫く。
火の燃ゆる如くさかんに
水ゆくごとくとどまらず、
夫人おんみづからめでさせ給ひし

五月の薔薇匂ふ時
夫人しづかに眠りたまふ。

厳粛にして哀切きわまりない慟哭、柿本人麻呂の挽歌を思わせる荘重な調べである。ところが光太郎は、晶子に対してだけこう歌ったのではない。たとえば晶子永眠のこの年に光太郎は戦争の詩をたくさん発表しているが、「特別攻撃隊の方々に」「戦没報道戦士にささぐ」「真珠湾特別攻撃隊」「戦にきよめらる」など、その詩句は晶子追悼の詩とまるで同質である。

まるで人麻呂だと思うのは他にもある。「神これを欲したまふ」（昭和十七・十二・六「読売報知新聞」）には「神明の気天地にみつる時／神の欲したまふところ必ず成る。／われら民族これを信じ、これに拠り／力をつくし、身を捧げて古来行ふ。／一たび其声をきくや断じてかへりみず、／偏に神の欲したまふところを果すは／神の裔なるわれらの常だ。」と始まり、「世界の道必ずわれらの血によつて樹《た》つ。／たとへば空と海とをわかつ日の如く、／神しろしめしたまふ精神の高さが／今や世界の理念に一線を画するのだ。」

もう一つ「少女戦ふ」（昭和十九・一・一「少女の友」）は「兵士は兵士のやうに戦ふ。／銃後は銃後のやうに戦ふ。／真に戦ふものは心きよめられ／一切の邪念も起るすきがない。／（略）本気になつてお国をおもへば／少女だつて立派な戦士だ。／少女はもともと心がきれいだから／すぐ戦ひの意味がわかる。（略）少女戦ふ時／大決戦のお正月がきらきらと来る。」

「おほぞらのうた」（昭和二十・二・二十二、発表誌不明）も同じ。

おほぞらは　よもをおほひて
かみつよの　すがたのまにま
けふのひも　なほとこわかに
みづみづし　いやうるはしし
あきつしま　やまとのくにの
ひとみなの　ふるさとぞこれ　（後略）

「昭和の人麻呂」の面目は十分である。

『高村光太郎全集』第三巻（一九五八、筑摩書房）は　昭和十六年（一九四一）から最晩年までの詩を収録するが、敗戦時までの詩篇の数を見ると次のようである。（　）内が数。十六年（6）、十七年（32）、十八年（45）、十九年（37）、二十年八月十五日まで（13）、十五日以後は有名な「一億の号泣」など（9）、精力的に発表され続けたことが分かる。しかも戦意高揚、日本賛歌、戦勝祝歌、英霊賛仰の詩ばかりである。先に引用した晶子追悼詩がただ一つの例外なのだ。高村光太郎が書いた晶子弔詩を確かめるべくこの巻を開いたのであったが、この期の彼の詩がことごとく戦争詩であることを初めて知った。それは「時局便乗」というようなものではない。時局の先頭にたって吹かれる喇叭だ。昭和の柿本人麻呂は天皇のため賛歌を歌い続けた詩人であったし、英霊たちに挽歌を捧げる歌人であった。

そしてこれらは戦後の「わが詩をよみて人死に就けり」へ一直線につながる。

二

小さな古本を手にしたことが高村光太郎を読み返すもう一つのきっかけであった。『みちのくの手紙』(一九五三、中央公論社)である。「高村光太郎書簡集」というサブタイトルのあるこの本の編者・宮崎稔は詩人、その妻が智恵子晩年の世話をした春子である。この一家に宛てた光太郎の手紙とはがき、昭和二十年から二十四年までのものを集めている。

「後書」に「師みずからは稗をはみつつ、編者一族にくだされた限りなく宏大な恩愛」と書いてあるが、これらの書簡に流れる光太郎の情感は「師」という表現には収まらない。もっと広やかな甘美なもの、もっと身内的なものである。わたしは初めて光太郎の肉体に触れた気がした。その老いて枯れた皮膚の感じは、わたし自身の祖父を思い出させるものがあった。

昭和二十年八月十九日、宮崎仁十郎宛ハガキ

「拝啓、八月十日花巻町被爆、宮澤氏邸も全焼しました。その際火に囲まれても御教示の三脈術により小生平然と行動出来ました。目下元中学校長先生の邸宅に小生だけ避難中。そのうち太田村といふ山寄りの村に丸太小屋を建てるつもり。追々そこに日本最高文化の部落を建設します。十年計画でやります。戦争終結の上は日本は文化の方面で世界を圧倒すべきです。皆様によろしく。」

敗戦詔勅から四日目のこのハガキに書かれた決意には驚くべきものがある。全土焼け野原になっているとき、人みな飢えているというのに「日本は文化の方面で世界を圧倒すべきです」と声を上げた人がいたとは。まるで宣言するようなこの意気込みは驚くよりも不気味である。しかもみちのくの人里はなれた山小屋で。

祖父のなつかしさに似たものとこれはまったく馴染まない。しかしその不思議にやがてわたしは魅了されていった。奇妙なできごとにも出くわす。一人の老女が山小屋に押しかけて光太郎を困惑させるのだが、その一時的な出来心とも思えぬ執念に彼は振り回される。そしてその後始末を依頼している。

昭和二十四年一月十九日、宮崎稔宛ハガキ
「おハガキ拝見、石黒女史を訪問して下さつた由、御面倒の事恐縮します。本気に考へ直して、岩手へ来るなどといふ事を断念してもらひたく存じて居ります。小生の手助けをするといふ美名の下に自己の身の振り方を考慮してゐる点を卑しく感じます。小生には女史の容貌体格までが醜悪に見えてやりきれません。所謂虫が好かないといふのでせうか。山ではもう直き旧正月が来ます。農家では今年はいいお正月でせう。雪も少く、寒さも弱く、珍らしいことです。」

「女史」とあるのが石黒しづえ、山居生活に入った光太郎がいちばん生々しく反応した出来事である。この老女は光太郎の晩年まで東京のアトリエをお寿司持参で急襲したりして最後まで嫌われ続ける。はからずもそれは七十歳老の男性性をあらわにしている。不可解さがもう一重加わってわたしの興味は加速したのだった。

この宮崎一家に光太郎は少なくない経済援助を続ける。その関係は最後まで変わらなかった。宮崎稔の逝去後も遺族に対して「偉大な祖父」であり続けた。

その山小屋を見ないでは何も進まない気がしていた。わたしの弟の一人が社会福祉の仕事を横浜でしているのだが、知的障害を持つ利用者のために福島県の天栄村に農場を持っている。

といっても、所有者は友人で、無料無期限で貸そうというらしい。彼らは他の人たちも誘って雑木と萱のおおわれた山地を開墾から始めたのである。利用者の親たちも喜んで手伝ったそうだ。また都会には農作業に飢えている者もいて、大いに楽しんだ。三年後には無事に見事なブルーベリーの畑ができたのである。彼らは年中何かにつけて畑に出かけて、あちらこちらの秘湯めぐりなどもしている。「姉さんも連れて行ってあげるよ」といったのをさいわい、「ついでに花巻、というのは遠すぎるかしら」となった。

東北自動車道ならすぐだと弟夫婦が付き合ってくれて、今年（二〇〇七）の八月末に念願はあっという間に叶えられた。天栄村から北上するのに、またまた「ついでだから」と二本松の智恵子の実家にも立ち寄ってくれる。翌朝安達太良山を右に、猪苗代湖や磐梯山を左に見て岩手を目指すと昼には花巻に着いた。整備された道路に「高村山荘」の表示があるから迷いようはないが、市内からはずいぶんの距離である。美しい農地が広がる台地からは山が遠くに見えて「山荘」という感じではない。そういえば、光太郎を卒論のテーマにした同級生がいっていたのを思い出す。「それは〳〵遠かった」

やがてこんもりとした小高い山を背に深い木立が見えた。目的地に到着したようだ。前日は記録的な猛暑だったらしいが、その日、あたりは小雨にけぶり、緑が深々と濃い。堤にはもう尾花が真新しい穂を出している、田には稲穂も重く垂れている。いかにも開拓村という感じのきちんとした整地だ。光太郎は人里離れた小屋で何日も誰にも会わない暮らしをしたが、いまは新しい住宅が点在して、そのころを知る人には今昔の感があるだろう。資料で読んできたものにさえそうである。

小屋を覗くといまにも折れそうな柱であり、板壁である。周りは水芭蕉園、花菖蒲園など公園らしく作られている。少し奥まったところの高村記念館はずいぶんしっかりした建物だ。そこには当時の生活用品や衣服、長靴、農具などとともに、原稿や詩稿、手紙類が展示されている。見学者がちらほら見える園内に、水引草や露草、ぎぼし、紫陽花も咲き残っている。樹木は高々と生い茂り、「巨人」とか「怪物」とかいわれた詩人の隠れ家を覆っている。「智恵子抄の泉」や「智恵子展望台」が作られていて「ここで智恵子を偲んだ」と記されているのは少し興ざめである。

しかしなんという大らかな風景だろうか。光太郎の大きな長靴が強烈で、雪の季節を思わずにはいられない。わたしは雪国育ちである。子どものころ、大雪の年には二階から出入りしなければならなかったし、そういうときの家の中は薄暗く、じっとりと寒かった。屋根雪が落ちて死ぬ人も出たり、どこそこの家が潰れたなどという大人の噂話にも惨めな思いをした。だから、この大きな景色が一面の深い雪に覆われたら、どんな恐ろしい事態になるかは容易に想像できるのである。あの小屋がその重みに耐えてきたことも考えると奇跡に近いのではないだろ

映画芸術への招待　杉山平一

〈ノアコレクション・1〉映画の誕生と歩み、技法と芸術性を、具体的に作品にふれながら解きあかす。平明で豊かな、詩人の映画芸術論。　一六〇〇円

三好達治　風景と音楽　杉山平一

〈大阪文学叢書2〉詩誌「四季」での出会いから、自身の中に三好詩をかかえる詩人の、詩とは何か、愛惜の三好達治論。　一八二五円

わが敗走　杉山平一

〈ノア叢書14〉盛時は三千人いた父と共に経営する工場がゆきづまる。給料遅配、手形不渡り、電車賃に事欠く経営者の孤独なたたかいの姿。　一八四五円

窓開けて　杉山平一

日常の中の詩と美の根元を、さまざまに解き明かす。明快で平易、刺激的な考え方や見方がいっぱい詰まっている。詩人自身の生き方の筋道。　二〇〇〇円

詩と生きるかたち　杉山平一

いのちのリズムとして詩は生まれる。詩と形象。詩と音楽。大阪の詩人・作家。三好達治、丸山薫、花森安治、竹中郁、人と詩の魅力。　二二〇〇円

巡航船　杉山平一

名篇『ミラボー橋』他自選詩文集。青春の回顧や、家庭内の幸不幸、身辺の実人生が、行とどいた眼光で、確かめられてゐる(三好達治序文)。　二五〇〇円

青をめざして　詩集　杉山平一

アンデルセンの少女のように、ユメ見ることのできるマッチを、わたしは、まだ何本か持っている／新鮮を追い求める全詩集以後の新詩集。　二三〇〇円

希望　詩集　杉山平一

あたゝかいのは　あなたのいのち　あなたのこゝろ冷たい石も　冷たい人も　あなたが　あたゝかくするのだ。精神の発見、清新な97歳詩集。　一八〇〇円

影とささやき　山田　稔

（ノア叢書7）作家で仏文学者の著者がさりげない日常風景の中に描く時代の光と影。フランスでの日日、師との出会い、小説仲間との交流。　一八〇〇円

富士さんとわたし　山田　稔

手紙を読む　約三十三年間にわたる書簡を元に、富士正晴の文学と人の魅力、わたしの歳月を往復し、VIKING他周辺の人々に及ぶ長編散文。　三五〇〇円

書いたものは残る　島　京子

富士正晴、島尾敏雄、高橋和巳、山田稔、VIKINGの仲間たち。随筆教室の英《はな》ちゃん。忘れ得ぬ人びと日々を書き残す。精神の形見。　二〇〇〇円

軽みの死者　富士正晴

吉川幸次郎、久坂葉子の母、柴野方彦、大山定一、竹内好、高安国世、橋本峰雄他、有縁の人々の死を描く、生死を超えた実存の世界。　一六〇〇円

物ぐさ道草　多田道太郎のこと　荒井とみよ

斬新な発想で、社会学、風俗学を拓き、俳句に至る表層主義の世界観。転々多田道太郎の不思議と魅力を長年身近にいた著者が読み解く。　二二〇〇円

大阪ことばあそびうた　島田陽子

大阪弁の面白さ。ユーモアにあふれ、本音を言う大阪弁で書かれた創作ことばあそびうた。著者は大阪万博の歌の作詞者。　正・続・続続各一三〇〇円

希望よあなたに　塔　和子詩選集

ハンセン病という過酷な人生の中から生まれた詩は、人間の本質を深く見つめ、表現されたものばかりで、心が震えました（吉永小百合氏評）。**文庫判**　九〇〇円

塔　和子全詩集〈全三巻〉

ハンセン病という重い甲羅。多くを背負わなければ私はなかった。生の奥から汲みあげられた詩の原初。未刊行詩、随筆を加える全詩集。　各巻八〇〇〇円

余生返上

大谷晃一

「私の悲嘆と立ち直りを容赦なく描いて見よう」。徹底した取材追求で、独自の評伝文学を築いた著者が、妻の死、自らの90歳に取材する。

二〇〇〇円

またで散りゆく

伊勢田史郎

岩本栄之助と中央公会堂　公共のために尽くしたい熱誠で私財百万円寄贈した北浜の風雲児のピストル自殺にいたる生涯と著者遺稿エッセイ。

二〇〇〇円

連句茶話

鈴木　漠

連句は世界に誇るべき豊穰な共同詩。その魅力を東西文学の視野から語れる人は漠さんを措いてはない。普く読書人に奨めたい（高橋睦郎）。

二五〇〇円

象の消えた動物園

鶴見俊輔

一つ一つは短い文章だが、批判精神に富み、事物の本質に迫る論考が並ぶ。戦後とは何かを問うてきた哲学者の境地が伝わる（共同通信）。

二五〇〇円

再読

鶴見俊輔

（**ノア叢書13**）零歳から自分を悪人だと思っていたことが読書への原動力となったという著者の読書による形成。『カラマーゾフの兄弟』他。

一八二五円

家の中の広場

鶴見俊輔

能力に違いのあるものが相手を助けようという気組みが生じる時、家らしい間柄が生じる。どう生きるか、どんな社会がいいかを問う。

二〇〇〇円

火用心

杉本秀太郎

（**ノア叢書15**）近くは佐藤春夫の『退屈読本』遠くは兼好法師の『徒然草』、ここに夜まわり『火用心』、文芸と日常の情理を尽くす随筆集。

二〇〇〇円

わが夜学生

ノア叢書16　以倉紘平

『**夜学生**』**増補**　〈忘れ得ぬ〉夜学生の生のきらめき。真摯な生活者の姿。母への愛。元夜学教師で詩人が時代を超えて記す、人の詩と真実。

二三〇〇円

うか。

「賢治記念館も行きましょう」と義妹はいう。

その記念館をずいぶん前に何回か訪れているが、弟たちは花巻が初めてなのだ。こちらは広い駐車場が満杯の盛況である。高村山荘との人気の差が歴然とする。あちらの雰囲気の寂しさが急に好ましく思われる。

一回りも年下の宮澤賢治が昭和のはじめに東京の光太郎のアトリエを訪問したのは一回だけである。そんな付き合いだが、賢治の両親は早世した息子の代わり、いや難しかった息子よりもずっと柔らかい関係で光太郎を大切にした。光太郎もそれに十分に応えた。いま光太郎に比して賢治人気は絶大だ。光太郎が「みちのくの花巻町に人ありて賢治を生みきわれを招きき」と歌ったときにはご当地評価にこれほどの差はなかった。

「やはり早く死ぬに越したことはない」と呟くと、弟夫婦は声を揃えて笑った。

三

雑誌「兵隊」を復刻版（不二出版）でみたとき懐かしい感じがした。幼年時代に家にあった雑誌と同じ雰囲気を持っていたからだ。納戸や押し入れ、便所の落し紙にもあったような記憶がある。「兵隊」は中国の広州で出版されて兵隊たちに配られ、日本にも送られていた。編集責任は火野葦平。この雑誌に光太郎の詩が二度掲載された。32号（昭和十八・十）のトップを飾るのは次の詩（「軍人精神」）である。

われらが軍人精神の美は
古今東西にその比なし。
美ならざるはわれらが武人にあらず
その精神人倫の極致にいたる。
歐米の史籍武を語るもの多く、
しかも等しくこれ傭兵の義と勇となり。
いふところの義勇軍のみ。
彼等の武はかならず兇。
彼等の軍は利にあらざれば進まず、
最善にして殺戮、
最悪にして蛮行に及ぶ。
われらが軍人とは神の兵に外ならず、

一に仰いで大御心にしたがひ、
私無く、成敗なく、
心つねに無人の境をゆく。
一兵なほ生死の彼岸にあり、
みな神意のある所を体得す。
何が故の戦ひなるかを知り、
天地に俯仰して毫末の恥なし。
われらが軍人訓は即ちわれらが国民訓。
われらが軍人精神の美や
まさに人類に覚醒を与へんとする
われらが民族精神の光芒たり。

陸軍情報部の雑誌編集部をこの詩がどんなに喜ばせたかは想像できる。けれどもこの軍人精神の賛美はいかにも異様で、老人の妄語の如くである。光太郎は若い日に西洋文化の洗礼を痛烈に受けた人だ。モダニズムの先頭をゆく詩人だったのだ。詩「荻原守衛」（昭和十一）一つを思い出すだけでよい。夭折の芸術家を哀悼して「彫刻家はかなしく日本で不用とされた。／

荻原守衛はにこにこしながら卑俗を無視した。／単純な彼の彫刻が日本の底でひとり逞しく生きてゐた。」といとおしみ、「四月の夜ふけに肺がやぶけた。／新宿中村屋の奥の壁をまつ赤にして／荻原守衛は血の塊りを一升はいた。／彫刻家はさうして死んだ――日本の底で。」と歌った。

彼は日本という小さな井戸の底を知っていたはずだのに、その数年後のなんという奇怪な軍人礼賛だろう。最後の一行がまるで幻の「光芒」のようにも見える。

火野葦平はその「兵隊」の付録に「戦友に愬う《うった》」を書いて軍人の堕落退廃を諫めた。「粗野で乱暴で倣岸であるのはよろしくない」と叱咤した。火野の編集責任の重さがひしひしと伝わる呼びかけの文章である。陸軍の兵隊でもあったが作家でもあった彼は、この詩句の空疎な軍人賛美と現実とのあまりの乖離をどう読んだのだろう。

この号で、わたしは不思議な出会いをした。三好十郎の次の詩である。

原ツパノ歌

ソウサ、ヒロサ一町歩モアロウカ。
ナンニモナイ原ツパダ。
マンナカニ、ドカンガ、コロガツテル。

草ガイツパイ、ハエテル。
アトワ、ナンニモナイ。

原ツパヲ、トウマキニシテ
ポツリポツリ、タツテル家ワ
トビ色ヲシテ
草ノナカニ、ヨロケコンデル。
ソラノヒカリ、ラヂオ工場ノエントツ
草ノナカヲアルイテクル犬ノ眼
ソレダケガ、ウソミタイニアカルイ。

ダレガ作ロウトオモツテ作ツタノデモナイ。
アツチノ町カラ、マタ、コツチノ町カラ
ダンダン人ガ住ミススンデキテ
イツノマニカ、コンナ原ツパガデキタ
ダカラココニワ、ナンニモナイ

ナンニモナイトイウコトガアルダケダ
ダカラ、イツサイガアル。

草ガハエ、犬ガ死ニ、カゼガフキ
雨ガフリ、草ガ枯レ、マタ生エル。
草ノ色シテ草ノ中ニミエガクレスル人々ノ、
涙ガシミコミ、笑イ声ガコダマスル
アア、ナンニモナイ原ツパノ
アリガタサ。

オレワココニ立ツ
オレワココニ立ツテ、ココロ飢エル
オレワココロ飢エテ、ニツポンヲ見ワタシ
バンザイトサケブ
オレワバンザイヲサケビ草ノ中ノ町々ト人々ヲ、セツニセツニアイスル。

この「原ツパノ歌」を読んだときの感動をうまく説明できるだろうか。雑誌「兵隊」をわたしは丹念に読んできたのだったが、この三好十郎の詩が放つ輝きはまったく異質だった。まったく別の空間、異なる世界を出現させていた——というと正確ではない。雑誌「兵隊」はプロの書き手と兵隊たちの投稿からなっている。前者をたどって読みすすむと戦意高揚の言辞に満ちたハリボテに見えるが、雑誌の半分を占めている名もなき兵隊たちの投稿が放つ空気は違う。素人らしい詩や短歌、俳句が醸し出すものには「真実」がにじむ。農民が思いがけない旅に出て、ものめずらし気である。みすぼらしく疲れている兵隊、大工もいるし散髪屋もいる。三好十郎の詩はこの後者たちの空気と響き合っていた。

総力戦の銃後、つまり日本本土の当時の現実はまさにこの「原ツパ」だった。「ナンニモナイ」国土、「草」だけが、いや草しかない国。けれどもまた草が生え、犬が死に、雨が降り、草が生え、当然ながら人が死に、戦死の報が届き、涙を流し、また笑い声もし、人は草の中で草の色より濃い「トビ色」の家に住んでいる。「アリガタサ」と「バンザイ」はこの絶望をかろうじて突き抜ける力を表す。発音通りの仮名づかいが迫力を持つ。

特に最後の連の凄さ、「オレワココニ立ツ」そして「ココロ飢エテ、ニツポンヲ見ワタシ／バンザイトサケブ」。絶望だがここを離れない、地面に這いつくばって草の陰に隠れている人々とともにあると歌う。「セツニセツニアイスル」は、すぐに迫っている全土空爆を予感している。

火野葦平は分かっていていたと思う、光太郎の詩ではなく、これこそが真実であることを。他の軍部報道官が「ニッポン」「バンザイ」によってこの詩人を疑わなかったとしても、火野はこの三好十郎の絶望を共有していたと想像する。この年から敗戦へかけて戦地のあちらこちらでこうした絶望の「バンザイ」がどれだけ叫ばれたことか。この詩はその恐ろしい、しかも、すぐそこまで来ている未来図を見せている。

高村光太郎の「軍人精神」をこれに対比させるといかにも無残である。戦中の光太郎を読みながら、この詩人はどこか大切な精神の掛け金が外れているという思いにつきまとわれたが、それをはっきり確認できたのは三好十郎と並んだことによってである。日本から遠い侵略の地で出版されている雑誌の同じ空間を占める二人の詩人、そのありようはとても対照的だ。

三好十郎について今わたしは少ししか知らない。このとき四十二歳、脚本家であったから国策に協力する作品を強く要求されている。「これだけのことを言わされた代わりにこれだけのことを言わせて貰う」という「サシチガエの戦法」をとったという批評がある（『日本現代文学全集79』、講談社、解説・山本二郎）。わたしは「労演」最盛期、劇団民芸の「炎の人・ゴッホ小伝」をわずかに覚えているが、その脚本を書いたのが彼であった。詩は読んだことがなかった。共産主義者であった時期があるが「虚無主義」への転向と分類されている。「原ツパノ歌」の突き抜けた明るさには確かに「積極的虚無主義」の面目がある。しかし『三好十郎論』（田中単之、一九九五、菁柿堂）のどこにもこの「原ツパノ歌」に関するコメントはない。

雑誌「兵隊」の編集後記に三好十郎から「玉稿」を寄せられたとあるが、これが「日本戦力の増強のためにボタンの一つを握って立っていたのです」（『知識人は信頼できるか』（昭和五十四、東京白川書院）と自責の告白をした戦争協力であったのだ。高村の詩については編集後記に何も記されない。全集三巻の北川太一の解題にも詩「軍人精神」の発表先に雑誌「兵隊」がないことから、こちらは寄稿ではなく、雑誌編集部のかってな転載かもしれない。初出は「読売報知新聞」（昭和十八・六・二十四）。

ともかく戦中のこの詩人の雄たけびは不自然である。しかしそれだけではない、初期詩集からこの大仰さはあった。敗戦直後の有名な詩「一億の号泣」も、当時の人々の感懐から外れていたのではないだろうか。

（前略）
われ岩手花巻町の鎮守
鳥谷崎《とやがさき》神社社務所の畳に両手をつきて
天上はるかに流れ来《きた》る

玉音《ぎょくいん》の低きとどろきに五体をうたる
五体わななきてとどめあへず
玉音ひびき終りて又音なし
この時無声の号泣国土に起り
普天の一億ひとしく
宸極に向つてひれ伏せるを知る　（後略）

花巻市内が焼け野原になってまだ間がない。無一物の庶民たちが呆然と聞いたに違いない玉音放送は、この詩のようには聞こえなかったはずだ。わたしにも微かな記憶としてあの放送は残っているし、その後も折に触れ聞かされた声だが、「低きとどろき」どころか甲高く、日本語とも思えない抑揚であった。

四

高村光太郎の時代錯誤をあげつらうために再読を始めたのではなく、むしろ逆である。彼の山居への「自己流謫」の生活の細部を知りたい欲求からであった。年を取ると誰でもそうなのか、「隠遁」願望や「山姥」憧憬がそこはかとなく肥大していく。そして『みちのくの手紙』に続いて佐藤隆房『高村光太郎山居七年』（一九六二、筑摩書房）に出会ったのである。

佐藤隆房は、宮崎稔や全集編集に尽力した北川太一と同じ尊敬を光太郎に対して持ち続けた人である。花巻在住の医師で光太郎の健康にも心を砕いた。あとがきに「山居七年の間高村光太郎先生に交渉をもった多くの人々の記録若しくは談話によって編纂したもので、なるべく正確な記録となることを期した」とあるとおりの仕事だ。宮澤賢治研究家でその著書もある。佐藤と光太郎の思想の強い共通点の一つは天皇主義である。

この本の中心になるのは佐藤宛の光太郎書簡だが、宝物を扱う手つきで収録され、それにまつわる事情が分かりやすく記される。必ず末尾を「佐藤隆房先生　玉案下」「御座下」と最高の宛名で結ばれる光太郎書簡があの端正にして豪快な筆跡で書かれていると思うだけでもわたしは興奮した。それらは二人の出会いの類い稀な清冽さを表してもいる。

素人の手になる評伝にありがちな偏りも力みもないのは、山小屋の光太郎をめぐる大勢の開拓村の男や女、学校の先生、寺の住職、手伝いの青年や縫い物をした女たちの談話が入り、万華鏡のように光太郎の表情をきらめかせるからだ。全体が一六六（七刷では一七八）の項目に分かれ、どの頁も光太郎がそれぞれの表情を見せる。まさに一人の詩人の生きている全体がまざまざと刻まれている。後記に「書中の人名はみな実名でございます」とあるのが実にいい。

光太郎の肉声が聞こえる気がする。「賢治さんにはただ一ぺん玄関で立話をしただけで、そのあともう一度訪ねてくるような話だったけど、とうとう来なかったので、生前のただ一度です。岩手に来てから、岩手の事情を知って読みなおしてみると、前よりはずっと分かるようになりました。芸術としての価値の高さもわかってきました」

また、「啄木はよく知っています。時々訪ねてきたもんで、写真に出ているような紋付袴姿でね。何かに憧れをもつ美少年という感じで、詩論をまくしたてるのですが、その頃の啄木の詩は美辞麗句ばかり連ねるだけで、野心満々という悪どさが鼻についてね、僕は余り感心しませんでした」

山棲みに入るに際して佐藤宛書簡で「何でも自分の力でやってゆき度いのです。他の人はそんなことをするひまに彫刻せよというのですが、それはほんとうでない。詩人には特に、何事も曖昧模糊がいけないのです」といい「いただいた板にて豪華な机をつくる気でゐます。その机で畢生の仕事をいたします」と誓っている。初めてここを見たとき、また大げさにと思ったが、「畢生の仕事」はやはりあった。

昭和二十一年一月一日から死の直前まで克明に続けられた「日記」である。全集で二巻にわたる大部なものだ。途中二十四年二十五年の脱落があるが、編者北川太一もその存在を確信して、何らかの理由で紛失、あるいは破棄されたかという。

わが詩をよみて人死に就けり
爆弾は私の内の前後左右に落ちた。
電線に女の大腿がぶらさがつた。
死はいつでもそこにあつた。
死の恐怖から私自身を救ふために
「必死の時」を必死になつて私は書いた。
その詩を戦地の同胞がよんだ。
人はそれをよんで死に立ち向つた。
その詩を毎日よみかへすと家郷へ書き送つた
潜航艇の艇長はやがて艇と共に死んだ。

タイトルにしておきながらわたしはこの詩を少しもいいと思えない。詩としての緊張に欠けること、いい訳じみているところ、また彼の自分史として正確でないこと、いろいろ批判したい点がある。しかしそれら欠点を含めて、山小屋での精神状況の核心を示して重要である。言い換えればこの詩の成立をめぐる過程が、この日記を単なる山小屋生活記ではない、テーマを持った作品たらしめている。

日記にもっともおおく登場する佐藤勝治は大正二年花巻生まれ、写真師、宮澤賢治研究家として知られる。そもそも光太郎を山口村に誘った張本人だ。冊子「ポラーノの広場」を主宰し、光太郎もしばしば執筆や談話を寄せていた。また宮澤賢治同志会の顧問などもする地域の文化運動の担い手である。（全集十二巻解題・北川太一による）

この勝治が「ある夜思ひ余りて——敢て高村光太郎先生へ献ず」という詩を届ける、昭和二十一年一月三十一日。長い上に散文として読んでも趣旨は伝わるので改行なしで引用する。

「高村光太郎最近の詩が、我等を打つ所の無いのは何故であらうか。道程、智恵子抄、美についてを最後に、彼の明智は何処へ行つたのであらうか。彼は戦争で明かに誤りを犯した。家庭に、職場に、巷に、彼の詩は強権を無視して戦意を昂揚した。彼の詩を胸に、幾多の若き魂は華と散つた。そこに彼の誤りがあつた。彼が（中略）疑惑《まどひ》無く戦争を謳ふが故に、国策と良智との板ばさみに悩む若き魂も、竟に決然矛を取つて起つた。あゝ、そして今やその魂は迷《まど》ふ。彼に責無しとするや否や。彼もとより売文の徒にあらず。官憲に阿諛するは最も卑しとするところ。然るを何ぞ戦争を謳へる？（中略）やさしくもまことなる、ひとりの愛を失ひて心昏みたりや。はた既に老いたりや。芸術院賞もて功成れりとするや。（中略）我等力の限り彼を護らん。些の曖昧模糊をも好まず。何ぞ清濁併せ呑むを要せん。彼、たゞ高らかに潔くあれ！」

若者からの激しい批判と追求である。しかも日常的な親密な関係の人から直接に発せられる抗議。それでいてどこか温かい。これが光太郎の山居生活の柱であった。佐藤隆房や北川太一らとはまた違う、若者のことばは稚拙である。意味が不明な句もあるが、むしろだからこそ今わたしの胸に迫る。潔い若者である。後進はこうでなければならないし、先達はそれを尊重してこそである。

この詩が届いたのが一月末で、五月に「わが詩をよみて」の構想ができた。この背景には戦争責任を告発する若者とそれを受けて立つ老詩人の激しい緊張がある。二つで一つの作品なのだ。共に粗さが目立つことでも両者は拮抗している。特に「わが詩をよみて」は専門家とも見えない未完成さがある。これは独立した作品とはいえないのだ。けれども日記を支える大切な柱として存在する。

山居老人の日記が生活者としての緊張に満ちて清々しいのは、厳しい自然とともに、このような若者に見つめられていたからだ。隠れ住む人ではなかった。また、本などと無縁な開拓村の人々とのどかな交流をしていたことによっている。天候の細かな記録、食事の詳細な記録、自身の身体の記録で日記は埋め尽くされている。一日八百字を越える記録も珍しくない。これらは生活の分厚さを伝えてくる。これに比すれば原稿書きの経過、編集者の来襲、訪問客の多さは生活に積もる埃のようなもの。

畑を開墾して土を作り種を蒔き世話をし収穫する、それを囲炉裏で煮炊きする、残り物を蒸し直しするレシピ、排便の一日も欠かさない記録。わたしは読みながら慄然とする、今の都市生活の自堕落さをそれらは暴くようだ。自分の身体をこのように天然の中に向き合わせる、これこそが「潔さ」だった。「わが詩をよみて人死に就けり」は詩としての価値ではなく、これら山居生活全体の中で完成する作品であった。そうしたものすべてを含めて、戦争詩を多産した老詩人の戦後史そのものなのだ。「流謫」などと自らいう必要はまったくないほどに。

佐藤春夫は「大きなX」（全集六巻月報）に「この詩人は聖者のようなデカダンとして僕の眼には映じる」と書いている。日記に見えるのは「原始人的な生命力」（佐藤春夫）だが、同時に結核後遺症の難渋に対して自己診断を怠らない科学性や、パン焼き釜を設計する、あるいはホームスパンの染色を村人と共に試みるモダニズを内包している。それでいてやっぱり「デカダン」。

この日記を読みながら、わたしはほとんど押しかけ老女の「石黒さん」になっていた。そして生命力そのもののごとく日記は徐々に短くなり、細々と最後の日まで続く。二つの一日を引用する。

一月十一日（金曜日）

昨夜粉雪、温度下る。寒波来襲と見え此頃で一番冷える。凍結はげしく洗場すつかり凍りて水が流れず。朝晴れる。稍風あり。日影さす。朝昨夜の残りの飯をむす。みそ汁（大根、人参、ゴバウ、煮干）菜つけもの、万年筆使用中に凍りてインク出なくなる。息をかけると出る。スルガさんの子供二人タバコの配給を持ち来る。（アサヒ2刻2）五円札一枚渡す。テガミ書き。ひる、ソバ粉で焼パンをつくる。玉子バタ入。バタ、ミツにてくふ。今日又炭俵をあける。午後ハガキ書き、午後勝治さん積雪を冒して来られる。つけ菜をもらふ。蓋物を返却す。郵便物をうけとる。しばらくコタツで談話。郵便物を托す。蔵石徳太郎さんより地代半年分返却し来る。二十五番地を返却したるによりてなり。土地賃貸証も返却し来る。終日好天気、但し寒気つよし。夕食白米（新米）を炊く。中皿で大根ゴバウ、馬肉少々ふかす。つけ菜。夜新聞をよむ。十一時頃ねる。夜便（風なぐ。）

（昭和二十一年）

六月六日

晴れたれど一時しぐれ、又雲多し。西風冷。朝食終る頃九時半頃、花巻賢治子供の会の連中多勢来る。出迎へて挨拶、中の一人宮澤さんから届け物持参。肉百匁程、パン、マーマレード、玉葱3個　細筍若干。照井謹二郎氏が引率。子供等学校にゆく。食事をすませて余も学校にゆく。ひるべん当を照井さんに御馳走になる。午後校庭桜の木を舞台にし、早池峰山をバックにして野外劇。村の子供、先生、大工さん等見物。「カイロ団長」英語劇（小兎）「山猫とドングリ」。終了後山のひろばに案内。三時半辞去。往来まで送る。便あり。夕食筍、玉葱煮込。べん当のこり。

（昭和二十三）

昭和二十五年は一日だけしか記録がない。その一日は大晦日で「胸から脇腹へかけての赤はれとぶつぶつは寄生虫か、腫物か、丹毒類か不明、わるくもならず、よくもならず、天気になり次第花巻にゆきて院長さん（佐藤隆房、引用者注）に見てもらふつもり、ともかく三年前かひたるサルゾールをつづけてのむ」とある。サルゾールはサルファ剤。山林独居の厳しさが滲むのはここだけではないが、生半可の意志では貫けない生活だ。

翌二十六年はめっきり記述が短くなる。全集本で十七行にも及んだ初期の記録が二行か三行になる。粛然として座り直すのは、彼が今のわたしの年齢でもあるからだ。この年、神経痛に苦しみ、痛苦の程度を丹念に記す。雪に備えてゴム長（十二文）も買わなければならないが、咳や息切れに悩む。食欲は進まず、舌苔ができる。「夜中下痢便」「血便あり」の後に「便順調」とあれば、「石黒老女」になっているわたしはほっとし、次のような一日に出会うと胸が湿める。

三月十三日　火

（誕生日）、うす日もさし、風花もちらつく、完全に来訪者なし。コーヒーをうまくいれる、食事磯まき、豚ホーレン草汁、みかん、小豆、夜トースト、ハム、チーズ、みかん、雑誌よみ。寒さうすらぐ、肋の痛みはまだあれど幾分よき方、夜便

この日記をわたしは戦争責任のとり方の記録として読み始めたのだが、激しく鞭打たれることがしばしばだった。生きることの意味、老いの姿、自立のありようについて揺さぶられた。一日の欠落もないことは思いがけない「生」の深淵を見せる。「美」や「真実」をめぐる高邁な哲学が一行も書かれていないこともまた驚きであった。

五

宮澤賢治に対して人気が劣ると先述したのは正確でない。詩集『智恵子抄』（昭和十六・八）がある限り、光太郎はベストセラー詩人であり続ける。日本でほとんど唯一の愛の詩集であるのだから。北川太一が精魂を込めて編纂した全集では、詩篇が制作順に並ぶ。そのために『智恵子抄』の出来上がり方がよく分かる。『智恵子抄　その後』（昭和二十五・十一、あとがき）に

『智恵子抄』は「徹頭徹尾くるしく悲しい詩集であった」と光太郎は書いているが、この詩集二冊によって、光太郎の名は日本近代詩史に不滅だ。

今『智恵子抄』を愛読する人たちは知っているのだろうか、詩集の最後を飾る絶唱「レモン哀歌」が全集では次のような二つの詩に挟まれていることを。

まず「米のめしの歌」――「秤をもつのは　みぎの手。／枡をもつのは　ひだりの手。／神代ながらの　瑞穂の国は、／八千萬石　民の汗。／たのむに足り　くへど飽かぬ。／われらのいのち　米のめし。」という詩、続いて「レモン哀歌」がある、そして「軍艦旗」――「ぼく知ってるよ　軍艦旗／御光のさしてる　日の丸だ／御光のかずが　十六本／ほんとにきれいな　軍艦旗」につながる。「レモン哀歌」の詩人は少国民をファシズムへ導く教育装置の中心的な担い手でもあった。

龍星閣主人・澤田伊四郎は編集者として傑出していたと思う。十五年戦争の初期、まだ電線に死体がぶら下がったりするずっと前から光太郎は進軍の喇叭を吹いていたのに、それらをきれいにそぎ落とした愛の詩集を編み上げた。その事業は苦しい高村家の生活の糧になったであろう。狂乱した智恵子を扱いかねる日々は献身と愛の時間として刻まれる。病妻に振り回されている男の必死のあがきが詩となって滴り、それだけを結晶させて詩集に編む。狂った妻は永遠の聖女として完成する。

いわばこの詩集によって、光太郎は「元素光太郎」になったのである。「智恵子はすでに元素にかへつた。／（中略）智恵子はわたくしの肉の中に居る。／智恵子はわたくしに密着し、／わたくしの細胞に燐火を燃やし、／わたくしと戯れ、／わたくしをたたき、／わたくしを老いぼれの餌食にさせない。／（中略）智恵子はこよなき審判者であり、／うちに智恵子が睡る時わたくしは過ち、／耳に智恵子の声をきく時わたくしは正しい。（後略）」（昭和二十四）

みごとだ、智恵子をその「肉の中」に宿している限り、光太郎は「正しい」。智恵子は光太郎の存在証明の濾過装置となる。戦時下の『智恵子抄』と戦後の『智恵子抄　その後』がともにその作用を同じくするというのも実に奇妙で不思議だが、事実である。

『智恵子抄』の詩句の透明さと他の詩群の猥雑さを比較して分析することが今の関心ではない。戦争責任をとって山林に自己流謫する徹底を貫きながら、発表する作品は非常に饒舌であること、しかも戦時下の詩と本質的に同じであることを問題にする。上っ調子に流れるという批評はあるが、光太郎の詩は逆だ、重い調子に滑る。日記の文体とまったく異なることに暗澹とする。いかめしいことばが饒舌に流れるのである。日記全体に見られる自然と呼応する文体、大自然の中の微細な一生物と化した謙虚な姿勢が消えている。幾つかの例を挙げる。

「天皇あやふし。／ただこの一語が／私の一切を決定した。」（『暗愚小伝』、昭和二十二）「渇望は胸を衝く。／氷を嚙んで暗夜の空に訴へる。／雪女出ろ。／この彫刻家をとつて食へ。」（「人体飢餓」、昭和二十三）「今日も愚直な雪が降り／小屋はつんぼのように黙りこむ。／小屋にいるのは一つの典型、／一つの愚劣の典型だ。」（「典型」、昭和二十五）

この上滑りする重いことばで智恵子が再登場することは「元素智恵子」で明らかだ。敗戦という転換をもそれで乗り切ろうとする。『暗愚小伝』の中の「報告」では「智恵子に」とサブタイトルをつけて、「日本はすつかり変わりました」と報告、「あなたの身ぶるひする程いやがつていた／あの傍若無人のがさつな階級が／とにかく存在しないことになりました」と。すべてを軍部の責任で済ませようとした、最高責任者と同じ口調である。戦後の改革は「他力」による改革であるという。あまりに平凡な責任回避で、智恵子の狂気を「内からの爆発」「いきいきした新しい世界を／命にかけてしんから望んだ」「あなたこそまことの自由を求めました」と讃仰して結ぶ。かくして智恵子は聖なる狂女から反戦平和主義の象徴へと変身する。

さらにつけ加えると、「沈思せよ蔣先生」（昭和十七）と日本の侵略主義を正当化して歌いながら、「蔣先生に慙謝す」（昭和二十二）とは、何という変わり身の速さであろうか。多くの知識人において見られることとはいえ、わが光太郎は何のためにみちのくに隠棲したのだったか。

わたしは若いころ吉本隆明の『高村光太郎論』（一九七〇、春秋社）を読んで分かった気がした。また中年になってから黒澤有里子の『女の首——逆光の智恵子抄』（一九八五、ドメス出版）にいろいろと教えられたが、智恵子の謎はどちらの考察からもすっかり分かるとはいえなかった。まして戦後責任からの救済者「元素智恵子」には理解が届かない。

極論を承知でいうのだが、高村光太郎は戦後の詩すべてを書くべきではなかった。『智恵子抄　その後』も含めてである。日記だけで十分なのだ。それが「自己流謫」の徹底というものではないだろうか。みちのくの日記は、毅然として戦争責任を負う生き方、敢然として自身の老いに立ち向かう姿を示している。堂々と知的に老いることは不可能ではないのだとわたしたちを励ましている。

後日ノート――『智恵子抄』をめぐる物語

上村くにこさんとは二十年前に雑誌の上で出会った。その雑誌は「ニュー・フェミニズム・レビュー」（一九九二、学陽書房）という、全六冊からなるもので、その四巻「エイジズム――おばあさんの逆襲」に上村さんはボーヴォワールの「老い」について、わたしは岡本かの子の「老妓抄」について書いている。「老い」は上下二巻の大著で「老妓抄」は短編である。論じるエネルギーの差があまりに大きいので申し訳ない。彼女は大学を定年退職後、NPOの研究組織を立ち上げて活動を継続しているという、その講座に誘われた。テーマは「死生学」、わたしには「文学に見る老い」が提案された。「老いは論じるものではなくて」と辞退したが彼女は笑っている。

「あの頃、老いなんて何も分かっていなかったね」

その雑誌を今度読み返してみると、ベティー・フリーダン「老いの神話」も翻訳掲載されている。「女性の神話」を破壊すべく果敢に闘ったフリーダンが老いの神話にも挑んでいるのだが、こう言っている――「普通」の老いは「健康」な老いである。六十五歳以上の人のうち、老人ホームや介護施設の世話になっているのはわずか五％にすぎないし、今日さんざん研究されているアルツハイマー症の患者もやはり五％である。しかし、私たちの文化は健康な老いのイメージをもっていない。「自分が死ぬ日まで人間らしく生きていけるように、この社会を再建しなければならない」

講座で向かい合うのはたぶん健康な老人である、とくに精神的に健康な老人――彼らは理想の老人像を求めている。「高村光太郎の晩節」というタイトルにした。「晩節」ということばは、フリーダンのいう健康な老い、よき老いにつながる語感をもっている。

当日会場には四十人あまりの男女がアイランド方式の机配置でゆったりと座っている。最年少は三十代、最高齢は八十代ということである。研究会でも学会でもないのどかさがあった。シニアの知的なサロンとでもいったらいいか、阪神・淡路大震災で被災して建て替えられた大学は木立以外すべて新しく、大きな窓の教室と座り心地のいい椅子が新鮮だ。サロン風と感じたのは帰途についてからだった。

参加者の中には「高村山荘」を訪れている人もいた、初めて『智恵子抄』を読んだときの思い出を語る人、宮澤賢治への興味と併せて話す人、十和田湖畔の裸婦の彫像の印象をいう人など、品のいい知的な発言が適度な間合いで出る。予想通り洗練されている。

「光太郎は外出するとき、ドアに釘を打って智恵子を閉じ込めていたんです。それから智恵子を精神病院へ入れた。今の病院ではない、その頃の精神病院は格子が入っている、そういうところへ入れると百パーセント死んだんです。入院させること、すなわち放棄ですよ。智恵子は昭和十三年の十月五日に死にました。その日彼は福島にいる智恵子の母にハガキを出している、電報ではないですよ、ハガキを出した帰りにレモンを買ってきた、七時です、九時二十分に智恵子は死んだ。それが「レモン哀歌」ですよ。彼は智恵子から逃げた、愛の詩集なんて嘘です、前線逃亡者です」

リタイア組とは見えぬ若い男性の、その発言は小さな爆弾だった。一瞬静まりかえり、講師の機嫌を伺う表情もあった。けれども議論は微かながら弾けて活気を持つ。

「智恵子の病気について、当時でいえば一流の医者、斎藤茂吉とかの意見も光太郎は聞いて入院させたということです。それに当時では夫といえども男性だから気軽に病室を見舞えなかったんではないですか」

「空襲でアトリエが全焼したときにも、智恵子の紙絵だけは持ち出したのですから、逃げたというのではないように思いますわ」

「先生」を助けようとする「優等生」の意見がいくつか続き、男性はやや孤立した感じだったが、興奮を抑えて呻くように二度目の発言をした。

「智恵子は東北の実家に帰らないとやっていけない人なんですよ。でも帰らせなかった。精神を緊張させるアトリエに閉じ込めて病気をとことん悪くした。本人にどうすることがいちばんいいのかを考えるのが介護者の責任です。彼は逃げた、自分も介護をしているから……逃げない……」

「逃げない」氏の語尾が震えた。わたしは不思議な感動を覚えていた。こんなに真剣な聞き手に出会ったことがあったろうか。

『智恵子抄』には長い歴史が刻まれている。

まず国語教科書で「道程」で光太郎を知り、続いて「レモン哀歌」で『智恵子抄』の物語を知る。熱心な教師に出会うと「あどけない話」の「智恵子は東京に空が無いといふ」や「阿多多羅山の山の上に／毎日出てゐる青い空が／智恵子のほんとの空だといふ」の詩句を覚える。日本の詩には珍しい愛の絶唱なので覚えた少女は長く忘れない。昭和十六年の刊行以来の版の重ね方も他に例を見ないのではないだろうか。その人気は戦後はさらに広がり、舞台にも映画にもなった、能舞台でも演じられたので知名度の高さでは群を抜いている。

帰路の電車の中で、会場の雰囲気を反芻しながら、『智恵子抄』の中で一つを選べといわれたらどの詩にするのだろうかと考えていた。

或る日の記

水墨の横ものを描きをへて
その乾くのを待ちながら立つてみて居る
上高地から見た前穂高の岩の幔幕
墨のにじんだ明神岳のピラミツド
作品は時空を滅する
私の顔に天上から霧がふきつけ
私の精神に些かの条件反射のあともない

乾いた唐紙はたちまち風にふかれて
このお化屋敷の板の間に波をうつ
私はそれを巻いて小包につくらうとする
一切の苦難は心にめざめ

一切の悲歎は身うちにかへる
智恵子狂ひて既に六年
生活の試練鬢髪為に白い
私は手を休めて荷造りの新聞に見入る
そこにあるのは写真であつた
そそり立つ廬山に向つて無言に並ぶ野砲の列

昭和十三年八月二十七日の作という。とりわけこの詩に執着するのは子どもじみた正義感からだ。一九五六年版新潮社文庫『智恵子抄』の巻末「覚え書」に「智恵子さんとの関連が詩の中心をなしていないので故意にはぶいた」とあり、一九六七年版の「改訂覚え書」には「また、前の覚え書で述べているような理由ではぶかれていたが、改めてこれも入れた」とある。どちらも筆者は草野心平。「改めてこれも入れた」理由は書いていない。草野は、戦時下中国にいて傀儡の南京政権下で働いた人だ、そして戦後には文化勲章に輝いた。その彼がなぜこんなに光太郎の詩を私物化できるのか。その印象が特に「或る日の記」を忘れがたいものにしている。

「水墨の横もの」は誰からの依頼だろう、貴重な生活の資、いくばくかの収入源となるはずのものにちがいない。智恵子の病気にかかる経済的負担はほとんど計り知れない。昭和十二年の手紙（更科源蔵宛）には作品の値段を書いている。彫刻小品は百円、床の間の置き物は五百円以上、短冊五円、色紙十円、色紙デッサン二十円。

この唐紙はいくらになるのか、それが乾くのを待つしばらくの時間の濃密さ、墨の濃淡のように智恵子との過去がよみがえる。「前穂高」と「明神岳」はもっとも幸福な思い出の地である。婚前旅行、この旅で彼らは結婚を決意したのだった。「作品は時空を滅する」、そして「私」も無になる。

水墨画が乾くのは早い。正気にもどれば、ここは「お化け屋敷」と近隣の子どもに囃されるアトリエ、かつての愛の巣は六年の間に残骸のごとく、我が老いの変貌も目を覆うばかり。

荷造りのための手元の古新聞を見ると、そこに大きな写真がある。「廬山に向かつて無言に並ぶ野砲の列」。ああ、いま外の世界ではこういう戦争が繰り広げられているのだと、狂気の妻とともに六年間を閉じこもって来た詩人は目が覚めたよう悟る。この廬山で戦っているのは、東京の第一師団の兵隊たち。あの南京事件を戦った彼ら、さらに中国大陸を進軍して廬山できびしい戦いに臨んでいる彼ら、新聞では連戦連勝を報じられていたのだが、この詩の最後の行が持つ重い響きには悲しみの余韻がある。

この詩を草野は省いた。しかも、その編集作業が行われたのは光太郎の死の床の傍らであった。草野の「高村光太郎の終焉日記」には、新潮社から文庫本の出版を勧められても光太郎が承諾を渋ったと記されている。しかし、文庫が出れば龍星閣の旧版本の売れ行きも伸びるかと苦笑して、やがて決断したと。ところがこの削除の経緯については記されていない。

『智恵子抄』を読んできて、「或る日の記」に至ると空気が換わる。密室から外へ出る感じで深呼吸ができる。その新鮮な転換は息苦しい日常をさらに濃い陰画にする。智恵子と関係がないなどと、傍で仰臥する光太郎は承知したのか。平静なリアリズムによる淡々とした自己凝視がもっとも際立っているのに。

「光太郎は逃げた」と非難する男性にわたしは言いたかった、「わたしが智恵子なら、逃げてという、わたしから逃げてと」

しかし、そうは言えなかった。

「光太郎は詩の中で、自分たちの住まいをお化け屋敷と繰り返していますが、お化け屋敷って何でしょうか。智恵子は凶暴になることもあって、往来に出て暴れることもしたらしい。着物を乱して大声で演説したり。そういう女を見た近所の子どもがおじさんの家はお化け屋敷だねと言った。女の狂気は近代文学の大きなテーマでした、西洋でも日本でも。純愛で美化しているけれども、光太郎が女の狂気を正面から描いているところに近代性が現れていると思います。女の狂気は芸術の苦悩に起因しているが、それを助長するのは結婚制度であるといっているのです。家の中にはお化けがいる。大人しいお化けもいるし、芸術に縁のないお化けもいる、裕福なお化けはいても見えにくい。『智恵子抄』は愛の詩集どころか、愛の神話の欺瞞を暴いた書ともいえる」

するとしばらく躊躇していたらしい女性の発言があった。

「わたしの母は、厳しい姑の仕打ちに耐えられないと家を出る決心をしたそうです。父にそのことを伝えると一晩考えさせてくれといいました。そして翌日二人揃って家を出ました。兄と姉を連れて、家督を叔父に譲って。わたしはその後で生まれた子どもです。父はほんとに普通の大人しい明治の男です。光太郎のお話を聞いて、平凡な父の決心を思い出しました。光太郎のような偉大な人では、なかったのですが」

光太郎は「巨人」とか「怪物」「謎の人」などと呼ばれる。批判するときも讃美するときもこれが用いられる。その巨人は、八十年後の読者に思いがけない告白を促している。つつましい家族の小さな物語を聞いて、室内に寸時、感動の沈黙があった。

「逃げない」氏の発言が気になって帰ってから全集で確認した。彼の指摘したハガキは昭和十三年十月五日夕に出されていた。長沼せん子宛。

「今日病院へまゐり五ケ月ぶりで智恵子にあひましたが、容態あまり良からず、衰弱がひどい様です、もし万一の場合は電報為替で汽車賃等をお送りしますゆゑ、其節は御上京なし下さい、うまく又恢復してくれればいいと念じてゐます」

智恵子が瞑目したのはその夜である。たしかに光太郎は死の前の五ケ月智恵子に会っていない。ずっと付き添っていたのは智恵子の姪の春子であった。『智恵子紙絵』(一九七九、筑摩書房、一九九三、ちくま文庫)の中に収録された「紙絵のおもいで」に宮崎春子はマニキュア用の鋏で紙絵に熱中する智恵子について書き、その死の前後のことも述べている。

智恵子の紙絵作品がどのように戦火を免れたかについても、どこか運命の不思議を感じさせる。光太郎自身が持ち出したとわたしは思っていたが、書簡で見るとそうではなかった。

昭和二十年四月一日付の手紙で山形市にいる真壁仁に宛て——「宮田夫人がそちらに参られる好便に託して、小生作のブロンズ「手」、木彫「蓮根」、智恵子の切抜絵一包(箱入)」とある。

「宮田夫人」は、息子が旧制山形高校へ入学する保証人を光太郎に相談した。昭和二十年春のことである。光太郎は山形市にいた友人の詩人・真壁を推した。そして四月、息子の入学に付添って山形へ行くという夫人に紙絵の疎開を頼んだのである。

「敗戦の年の春、宮田アキという方が高村智恵子の紙絵を私まで届けてくれたことがどうしても忘れられない。(略)混雑する車中を、宮田アキはいのちがけで洋服箱に入れたそれを捧げ持つようにして運んできたのだ。駅に迎えに出た私とは初対面だったので、彼女は何回も私が真壁仁であるかを確かめ、ようやく手渡してくれた」(一九八四『野の自叙伝』民象社)

全集の注解（北川太一）に記された真壁の証言である。北川はまた、宮田アキは彫刻家、鋳金家の宮田喜代三の妻ではないかと推測している。

東京のアトリエは四月十三日に被災全焼したのだから危機一髪であった。とはいえ、先の見えない東京人の光太郎にとって、この紙絵の移動は運を天に任せる選択だったようだ。真壁宛に「貴下の元にあれば安心」「あとはご放念ください」「自然にまかせて」としたためている。後は天運、とくに執着しているように見えないところが怪物である。

戦後、これらの紙絵は展覧会を通じて知られるところとなった。昭和二十四年に山形市で、翌年は盛岡市で、さらに次の年には東京銀座の資生堂画廊で開催された。

散会して教室を出る人の中から、若い装いの女性が遠慮がちに一冊をわたしに見せた。

「本の整理を始めて処分する日々ですが、これはどうしても捨てられなくて」

鮮やかな朱色の布張り装丁の『智恵子抄』であった。表紙は内側も真っ赤、同じ赤い色の智恵子の紙絵が挟まれている。戦後龍星閣が復元と称して特製本を作ったがそれであろうか。

全集の書簡集（十四巻十五巻）を読んでいて、もう一つの物語に出くわす。

智恵子の死の前後に、富士正晴との手紙の交換が多い。富士による「高村光太郎の思い出」（一九七九）と高村光太郎全集月報（八巻）を見ると、そのいきさつが簡明に書かれていた。

二人は昭和十二年に出会っている。富士は昭和十年に黒部峡谷で事故死した竹内勝太郎の詩の価値を判断してもらうために光太郎をアトリエに訪ねた。富士はその師である竹内の詩集を出版するために腐心していた。できるだけ大物に推挙をと思っていたようだ。志賀直哉に頼もうか迷ったが、志賀が詩全般に対してもっている偏見を思い、光太郎にと決めたという。光太郎のアトリエは狭く暗く、香のかおりが満ちていて心地よかったと書いている。光太郎は竹内の詩を高く評価した。最高の完成度だといい、その出版への協力を約束した。

「手首の木彫をちょっと盗んで帰りたくなるといったら、それじゃ盗んで帰ればよかったのに、それは作ったものの光栄だと事もなく言ったが、完全に圧倒された」。別れに二人は色紙を、書と絵を交換しあった。

昭和十六年一月に竹内の詩集『春の犠牲』(弘文堂書房)が富士と光太郎の共編で出た。光太郎はていねいな「後記」を書いた。その原稿料を光太郎が貰うわけにゆかぬと返却するいきさつも書簡を辿るとよく分かる。富士は同人誌「三人」への寄付として返されたものを受け取った。光太郎はかわりに竹内の万年筆を所望した。それが数年後に空襲で焼けるのもまた運命か、富士の手紙ももちろん焼けたのであろう。

昭和十九年に応召された富士宛ハガキ

「拝復、応召御入隊の由、先日坂根さんにあつた時、あなたが健康を害されてゐるときき、心配してゐましたがお便りによると御元気のやうでまづ安心と思ひました、どうぞあらゆることに負けないで下さい、健康をいのつてゐます、竹内先生の事承知しました」（昭和十九年三月十二日）

「どうぞあらゆることに負けないで下さい」、老いた友の哀切な祈りは、三十一歳の老兵である富士を支えたにちがいない――必ず生きて戻らねばならない。

光太郎と富士正晴の出会いは、昭和日本の寒山拾得の図のようだ。家事と雑事と看病に明け暮れる光太郎は五十五歳、富士は二十四歳であったが、思い出を書いたときの富士は竹林の隠者などといわれる六十六歳、やはり透析治療の妻を背負う人だった。思い出の文中に一言も智恵子のことに触れられていないが、かえってそのために心の奥をふるわせるものがある。

富士は智恵子について書かなかったが、吉本隆明は書いた。その『高村光太郎論』の「智恵子抄論」が他の追随を許さないのも、結婚生活というものの苦しみや矛盾を深く考察して詩の内側を読みこんでいるからではないか。狂気した智恵子との泥沼のような生活史が詩のように美しくも感動的でもないこと、まして愛の賛歌などではない、自己救済の叫びであり、煉獄の結婚生活の代償だと吉本はいった。富士には応召前に妻がいた。智恵子介護の生活を書いた人にも書かなかった人にも、光太郎は大きい存在であった。

フェミニストの大御所である駒尺喜美の批評「光太郎のフェミニズム」（一九九二、朝日文庫）は、料理する光太郎の家事能力をほめて、自立する男性はかくあらねばならないという。説得力に富んだ批評は「みちのくの隠棲」、あるいは「晩節」というテーマを考えるとき重要である。威厳のある老後の生活は家事能力によってこそ支えられると、老いたフェミニストは指摘したのだ。

しかし、その駒尺も光太郎の戦争協力を説明するのには苦労をしている。智恵子を失った空洞に戦争がすらりと入りこんだというのだが、年譜をたどるとそうはいえない。二系列の詩は同時進行的に綯い合わされている。

『智恵子抄』はいったいどれくらい出版されたのか。昭和十六年龍星閣から刊行されて以来、実に十社がこれを出している。龍星閣、白玉書房、新潮社（文庫）、社会思想社、ポプラ社、大和書房、偕成社、ノーベル書房、角川書店（文庫）、日本図書センター。昭和二十二年の白玉書房の出版に当たっては、初版を出している龍星閣との間でトラブルが起きているそうである。それについては大島龍彦『智恵子抄の新見と実証』（二〇〇八、新典社）に詳しい。光太郎が相次ぐ出版依頼にうんざりするさまも見える。敗戦後の日本では、『智恵子抄』は出版社にとっては打ち出の小槌のような詩集だったのである。

いま一つ『校本　智恵子抄』（二〇〇九、角川文庫）の編集をした中村稔が紹介している物語を書いておく。光太郎没後にこの詩集の著作権をめぐっては裁判で争われた。龍星閣主人・澤田伊四郎は『智恵子抄』を自らが編集したものと主張して昭和四十（一九六五）年文部省にその旨の著作権登録をしたというのである。これに対して「高村光太郎の編集」を主張した遺族との間で訴訟となった。東京地裁、東京高裁、最高裁で争われた結果決着がついたのは二十八年後、時代も平成になってからである。最終判決によって高村光太郎の編集であることが確定した。龍星閣が『智恵子抄』を出版することは禁じられた。光太郎は冥府でこの経緯をどのように眺めていただろう。ともあれ、『智恵子抄』がいかに出版事業者にとって垂涎のテキストだったかを知らしめる出来事だ。

花巻の人々が総出の奉仕で移築した飯場小屋の高村山荘にはもう一つの小屋が並んで建てられた。昭和二十六年のことである。光太郎はその一年後には東京へ移住するのでほとんど使われなかったこの小屋について「あれは復刊した『智恵子抄』の印税の一部で建てたのだろうか」と訝しがった。それは出版社の寄贈だった。どうやら契約書も交わしていなかったらしい。戦時下のあいまいな信頼関係で進められてきたのであった。そして死後の裁判である。

それだけの莫大な収入をもたらす詩集だったから、彼の山小屋隠棲を可能にしたのである。また高村光太郎が「巨人」「怪物」「謎の人」でいられたのも『智恵子抄』の存在に支えられていた。

司会者がもう残り時間も少なくなりましたが、といって促したとき、重々しく問う人があった。

「ところで、光太郎は晩節を汚したのでしょうか、汚さなかったと思われるのでしょうか」

高村光太郎の志が山中隠棲を全うすることであったとすれば、東京への帰還は変節ということになる。彫刻家としての芸術的飢餓感からとはいえ、十和田湖畔裸像の計画というきわめて政治的な流れに乗った、そして東京へ戻ったということは、晩節を汚したことだ。それをいい立てたのが村野四郎である。次のような詩が新聞に出た。

　　高村光太郎訪問記

ここには
岩手の山小屋を想わせるものは何もない
ガラスとペンキと白亜の
がらんとしたオリの内部だ
高い天窓から

大都会の秋空がのぞいている——
いったい何のために　何によって
みずから捕えられたのか
この原人
——十和田湖の自然に捧げる
裸女の姿を刻むのだという
大自然の明美に拮抗するもの
女体のほかにないのだという

かつては山ナタを握った巨きな手が
今ふるえながら
原型のシンの針金をしごいている
彼は豊麗な餌のために
舌なめずりをしているのだ！
長い「道程」の果ての
思いがけない白亜のオリの中で

（一九五三・十一・一、朝日新聞、全集解説による）

この詩を読んだかすかな記憶がある。「裸女」ということが現在では信じられないような猥褻感を田舎の中学生に与えた。そのスキャンダラスな話題に金銭問題が絡んだし、設置場所をめぐって小さくない騒動も胡散臭い話として耳に入った。これらがわたしの最初の光太郎イメージを作った。その記憶のあれこれを紹介すると短い発言があった。

「この詩はどこか卑しい感じがします、餌に、舌なめずり、なんて」

そうですよね、老人の手がふるえるのはしかたのないこと。

永瀬清子が『かく逢った』(一九八一、編集工房ノア)に東京のアトリエを訪ねたときの思い出を書いている。「おーい、永瀬サーン」と呼んで、まるで山から熊が現れたようであったと。とても美しい印象的な再会の描写だが、いま「晩節」ということを考えるとき、村野の詩に描かれた惨めな老人の姿は、むしろ村野自身に跳ね返る。村野はその後『智恵子抄』の編集にも関わっている(ジュニア版、偕成社)。永瀬の慕わしさが描きだしたのは、老詩人がたとえ東京にあってもまるで「山の熊」だったということだ。

光太郎の花巻への執着は、次のような歌を色紙にも書き、周りの人々への返礼にもしたことで明らかだ。みずからを宮澤賢治に並べている。

みちのくに花巻町といふ町ありき　賢治を生みき我を招きき
みちのくの花巻町に人ありて　賢治を生みき我を招きき

推敲ともいえない二つの歌だが、みちのくを愛していたことは疑えない。それを身近で見てきた宮崎稔が『みちのくの手紙』を編集したのは自然の成り行きともいえる。そしてこの宮崎宛書簡を集めた小冊子にも小さな物語がある。

編集者の宮崎稔は詩人を志す青年だがはかばかしい作品を残していない。光太郎を宮澤賢治の実家に導き、使い走りのような日常の手助けを惜しまなかった。『みちのくの手紙』が「光太郎の意志を無視して出された」と北川太一は書いている。草野心平は「利用するのもほどほどにせよ」と叱責したらしい。この出版に加えて、たびたび揮毫をしてもらって展示即売すること、経済的に頼り続けていることを批判しているのだが、では、草野は「利用」と無縁だったのだろうか。わたしは倫理的に非難していうのではない。信頼関係にあるものが利用し利用されることは叱責されるに当たらないと思っている。

宮崎の詩才など光太郎はもとより見ぬいていただろう。その彼を春子の婿に選んだ光太郎の真意を北川や草野はどこまで考えていたか。『みちのくの手紙』が後代のわたしたちに伝えてくれるものがその真価である。そこに集められた光太郎のことばは、智恵子を失った後に、新しい家族を作ろうとしていたことを感じさせる。そして彼らに自分の死後を託そうとしたことが肌身に添うように読める。手紙のことばの強さである。しかし宮崎稔は光太郎に先だって昭和二十八年に急逝する。「あれだけ不摂生をすると胃潰瘍にならない方が不思議だ」という光太郎の手紙は身内の愚痴めく。稔と春子の長男は「光太郎」と命名されたが、母子家庭のその後はどういうものであったか。おそらく地味なつつましいものだったろうが、光太郎は智恵子の血筋につながるものを残したかったのだ。

書簡を読みながら、小さな物語を読み取って行く作業は、山芋の蔓からムカゴを採集するに似て止めどがない。膨大な山小屋の日記にもわたしは魅了されているが、書簡とは異質である。日記の記述者は物語化を極度に排除している。まるで皮膚を皮膚として、臓器を臓器として、筋肉を筋肉として冷徹に見据える彫刻家の目で記されている。装飾を一切はぎ取った記録である。比較して、三千通を越す書簡が豊かな感情の色彩を溢れさせているのに驚くばかりだ。人々への配慮や感謝、生活の手配や段取り、俗なる社会の人間の網目に細かい気配りをする。山小屋生活をまるで隠遁のように見てきたものは、日記と書簡との落差に啞然とする。みちのくの自然だけを相手にしている孤独な詩人などどこにもいない。たくましい山人が、十二文のゴム長靴を履いて、隙のない姿勢で聳え立っている。

「ところで、光太郎の晩節は」

「晩節を汚す、汚さないは、永遠の問いではないでしょうか。晩節には決断というか、強烈な意志が伴います。しかし、介護される身になるということは、その決断が自分ではできない存在になることです。ベッドから起きられなかった光太郎に山に帰る力は残っていなかった。彼の晩節はという問いには答えがない、少なくとも、わたしの中で問いは続きます」

「もうねえ、疲れてしまってね、歩数計をつけていると一万三千歩も歩いているのよ、一日に、家の中だけで、新聞でしょ、お茶でしょ、トイレはもちろん、ちょっと何かを取るにも動かすにも、いちいちわたしが介助しなければならない、ほんとにもう、疲れてしまってねえ、週に四日、夜のヘルパーさんを頼んでいるけれど、逃げないで頑張ろうとしてきたんだけれど、導眠剤なしでは夜も眠れないしねえ」

知人は小柄な八十歳、車椅子の夫は少し年上か、「もう、限界」と何回も繰り返す電話の訴えである。光太郎に「逃げて」といったわたしがいまそれをいえない。それは頑張れというのと同じほどに残酷だ。それでも、彼女が悲鳴のような電話をかけてくるのは、わたしもまた仲間と思ってくれているからであろう――癌の手術を六回も重ねてきた夫と暮らしているわたしは同士なのだ。その困難と疲労を知っている友として選ばれた。ところがこちらは至って気楽な介護、というより、三度の食事を機嫌よく作っているだけ、ときどき少しイケズをたりして。励ます資格はないが、愚痴を重ねることはできる。「どんなに頑張っても、わたしはめったに日に五千歩を越えない、これも悩みなのよ」といいかけると、電話は突然切れる。慌ただしい気配を残して。

昭和三十一年四月二日、光太郎は死んだ、享年七十四歳。その日東京に雪が降った。

「なつかしい日本」——三好達治

五月初旬、福井市のハーモニーホールで「福井県民歌」というのを聞いた。大学へ入るまで福井で育ったのに聞いたことがなかった。作詞が三好達治である。

長江は　野に横たわり
青海は　岬にうたふ
国どころ越前若狭
たたなはる山しうるはし

第一連からこんな古風な用語で五連まである。福井では「格調高い」といわれているそうだが、プログラムでは各行すべて口語訳が施してある。このままだと現在は理解してもらえないとの配慮だろう。「越前若狭」という固有名詞以外には福井を表す具体的なことばが一つもない。これさえ替えれば、狭い日本はたいてい山と海の間に田畑を広げているので、どの県の歌

郵便はがき

恐縮ですが、
切手を貼って
お出し下さい

531-0071

［受取人］

大阪市北区中津3－17－5

株式会社

編集工房ノア 行

★通信欄

通信用カード

お願い

このはがきを、当社への通信あるいは当社刊行書のご注文にご利用下さい。
お名前は愛読者名簿に登録し、新刊のお知らせなどをお送りします。

お求めいただいた書物名

本書についてのご感想、今後出版を希望される出版物・著者について

◎ 直接購読申込書

(書名)	(価格) ¥	(部数) 部
(書名)	(価格) ¥	(部数) 部
(書名)	(価格) ¥	(部数) 部

ご氏名　（　　歳）　電話

ご住所　〒

書店配本の場合	取	この欄は書店または当社で記入します。
県市区　書店	次	

にでもなる歌詞である。まず出だしの「長江」だが、「九頭竜川」と訳されている。参ったなあ、「長江」といえば揚子江、九頭竜川は名の通り暴れ川で県下の名勝であるが、ずいぶんに見劣りする。これで九頭竜川をほめたことになるのか。格調をいわれても当惑するほかないのである。ともかく全編大味な詩句が連ねてある。高校の教科書で「甃のうへ」を知ってから『測量船』（一九三〇）の中の「春の岬」や「乳母車」「雪」をどんなに愛誦したろうか。多感の時期に慈雨のように沁みこんだ詩句が否応なく浮かんでくる。

春の岬

春の岬旅のをはりの鷗どり
浮きつつ遠くなりにけるかも

雪

太郎を眠らせ、太郎の屋根に雪ふりつむ。
次郎を眠らせ、次郎の屋根に雪ふりつむ。

三好達治は戦時中（一九四四）から福井県の三国に疎開していた。東京に引き上げたのは一九四九年である。県民歌が依頼されたのもその年である。彼は福井が好きではなかったのだな、というのがわたしの当惑の中に生じた。高村光太郎が花巻を愛したのと対照的だ。二人は多くの面で共通性を持ちながら非常に遠いところにいたように見える。

三好達治は敗戦をどのように受けとめたのであろうか。高村光太郎に続けて考えるのにいちばんふさわしい詩人だといえるかもしれない。

一

三好達治の高村光太郎訪問は、福井の生活を畳んで東京に移住した年の四月である。山小屋を訪ねた人が多い中で、三好の訪問がわたしは気になっている。ときどき白昼夢のようにその光景を動かして見ている。

主《あるじ》は炉辺の定位置、横座から動かない。客はすぐに膝を崩した。太い薪が静かな炎を上げ、ときおりパシパシとはぜるものがあるが、ほどよい間合いで枯れ枝がつがれる。その匂いに乾き切らなかった木から水気の滲みでるささやかな音が混じる。主は用向きを尋ねるでもなく、あ、とか、う、とかいいながら自在鉤を操る。お湯を沸かし、といであった飯盒の米に濯ぐ。いつも通りの昼飯の用意である。煮立った鍋に吊るした籠から茸の干したものを入れる。鰹節を削り味噌を入れ、汁が出来る。その合間も客にお茶をすすめるが、話を促すわけではない。煙草をふかす、また炭をつぎ、時間が静かに流れている。

大柄な主に対して、客はやや小さく見えるが、骨格のしっかりした体軀で顔の厳ついのが目立つ。花巻の四月はまだ寒い。差し込む陽射しが急にかげる。雨になるのかもしれない。

二人の映像が少しずつ動く——三好は自分の用意のなさを思い知ってややひるんでいる。はるばると一昼夜をかけて出かけてきたのに、主は何も問いかけてこない。だから「別段なにということもないんですが、ちょっとお目にかかりたくて参りました」というあいさつのことばを何度も繰り返している気がする。主はそんなことには一向に頓着もなく、表情を点検する気など全くないようすで淡々としている。客がいてもいなくても同じなのではないか。

「大変な小屋でしょう。畳は三畳きりなんだから、びっくりしたでしょう、ふっふ、汚くて暗くて、来ていただいてお気の毒なくらいなんだけれども、まあゆっくりしてください」

ときどきくぐもり声で低く笑い、「気の毒」といいながら、そう思っているようではない。客はなんとなく「負けだな」と腹で呟き、笑い声を低く合わせるしかない。

「小屋は飯場の廃屋を持って来たものです。隣の新しいのは村の青年たちが作ってくれた湯殿だ。便所に見えましたか。ふっふっ。いまは雪もときどき降るが、これで五月になれば、ここらの林はそれはいいのですよ。風景はこういう平凡なのに限ります。これだから住んでいてなかなか飽きることがない」

「いいのですよ」といわれても生返事しかできない。見回すと建具というものが一つもない、これが人の住まいといえようか。京都で武者小路実篤に相談したとき「ほんとに、行きますか、驚くよ」といわれた。彼自身も見たわけでもないのに噂で聞いて怯えてしまったという。裸の板床にはいろいろなものが雑然と積み上げられているのに、端然とした空気が満ちている。電気が最近引かれたばかりだという。客はいよいよ悔いを覚える――こんな夢想である。

この山小屋を訪ねた人はずいぶん多かったことが日記に記されているが、三好達治はこの一回だけである。

敗戦の翌年の一月、荒正人、小田切秀雄、佐々木基一が威勢のよい発刊のことばを掲げて「文学時標」を出した。

石もまた叫ばん!
いつ終るともなかつた絶望の長夜にも、つひに光が差してきた。惨苦と汚辱の反動十数年を耐へて、今日ここに自由の陽ざしに立つことを、生けるしるしあり、と心から悦ぶ。

三好はこの叫びを三国の暗い蔵の座敷で読んだのではないだろうか。暗い冬のじめじめした寒気に閉じ込められて、高い窓からわずかに射す光の中で読んだのではないか。

三国の蟄居に初恋の人、萩原朔太郎の妹・アイを伴ったのは昭和十九年、すでに結婚していて、二人の子どももありながらアイとの結婚のために先の妻を離別した。その人は佐藤春夫の姪である。戦中も戦後も文壇に君臨した佐藤の怒りを一身に浴びている身である。そんな犠牲を払っているのに、新しい妻は貧しい田舎暮らしにいつまでも慣れようとしない。何とかして東京へ逃げ出そうとしている。かつての華やかな生活が忘れられないのである。家の中のいつ終わるともない湿った争いはこれも一つの戦争だった。その人が去った後に重い空気がよどんでいる。その中で三好はこの文章を読んだ——と想像する。

「石もまた叫ぶ」「石もまた叫べ」と繰り返されるが、それは文章の品位を落としている。「石」などという比喩を賢しらに使って、東京の彼らが自分たちを石と思っているはずがない、何という傲慢でいやみな物々しさであろうと読んだのではないか。しかし三好の心に兆していたのは軽蔑ではなくて苦渋に濁る自嘲だったのではないか、そしてさらに暗い穴に落ち込んだのではないか。

この「文学時標」には「文学検察」というおどろおどろしいコラムがあって評判になっていた。創刊号でトップを切ってその俎上に上げられたのが高村光太郎だった。「次は誰だ?」「私はいつだ？」そのような震撼を抱かしめるに十分な論調の猛々しさだった。あの敗戦の詔勅に日本中が呆然としている二日後に高村光太郎は「一億の号泣」を朝日新聞に発表した。「文学検察」がその詩人をまず槍玉に上げたのはそのせいであろう。ほんとに検察官なのだ、人民裁判の開始なのだ。

小田切は書いている。

「戦争の進行と共に詩人は多く侵略権力の単なるメガフォンと化した。プロレタリア詩人の政治主義と違つて、これは時の支配権力への迎合であるが故に決定的に卑しかつた。そしてこうした詩人達の前例を見ぬ堕落は、高村光太郎の動きによつて促進されること最も大であつた。「正直一途」の高村によつて詩人たちは自己の堕落への最大の刺激を得たのであつた。

多くの詩人中で高村光太郎は、直接人民に対して戦争責任の最も大なるものがあるばかりでなく、詩人全体の堕落に対して最高責任をとるべき人物である。「第一級」たる所以である」

三好は戦争詩を量産したことにおいて高村光太郎と双璧である。「彼はどうしているだろう」と思うのは三好の方で、高村はおよそそういうことに無関心無頓着だったように見える。「文学検察」の批判にもほとんど無反応だ。戦争詩を書いた詩人として戦後を生きるとき、俗情とでもいうようなものがねばりつき、それにできることなら眼をつぶっていたい。しかしまわりは覗き込もうとする。敗戦という大事は誰にとっても解放だったし安心だったのに、暗いまなざしに自ら囚われている。結局「文学検察」に三好の名は上がらなかったが、それで安堵したとは思えない。

「高村光太郎を訪ねて見られませんか」と誘われて即答したのは、ここ数年の炒られるような気分と無関係ではない。雑誌「文芸往来」の編集者には探るような卑しさがなかった。そうして長旅の訪問となったが、この眼の前の老人のどっしりとした構えに動揺が隠せない。

「高村光太郎先生訪問記」に書いた――「私が初めて高村さんにお眼にかかつたのは二十年余も以前のことになる。萩原さんも同座で、私はまだ学生であつた。そんな折のことを高村さんはきつと憶えてゐられないに違ひない。けれども私の方では、当時の風貌をはつきり記憶してゐる。白い上布か何かのやうなさつぱりしたものの着流しに袴を着けてゐられて、長身で押出しがよく、なかなか立派な格幅であつた。お世辞ではない。格幅は今日も依然として立派だが、さすがに鬢髪は皤然として、いささか猫背のやうに肩のあたりがくぐもつて見えるのは私のひが眼であらうか。それにこの山小屋では高村さんはずゐぶん奇妙な風装をしてをられる。郵便局の局員がよくつけてゐるやうな黒い上つ張りの仕事着に、丹念に、補綴のあたつた復員者の穿くやうなズボンを穿いてゐられる。それと軍隊用の白い靴下がまる見えで子供のやうなその足もとにゴム靴をつつかけてゐられる。服装がそんな風であるのは山中では当然のことで異とするにあたらないが、昔の瀟洒なこの人の身だしなみが記憶にのこつてゐる、私の眼にはやはりそれをそのままうけとるのにはいささか骨の折れるふしがあつた」

うろたえがにじみ出ている文章である。鉛温泉でゆっくり語り明かしませんかという誘いに、一度は応じながら、しまいまで老人は腰を上げなかった。どこか、自分の心中が見透かされていると三好は思っていた。

「東京に戻ってこられませんか」という誘いかけも何回か繰り返した。高村光太郎はうっすらと顔面を和らげるだけだった。「せめて軽井沢あたりにでも」といってみてもその表情は動かなかった。

「近代の芸術は要するに都会芸術なんだから、一つ東京へ出て来られて、市井の隠者でゐられた方が、彫刻の方の仕方もやはり自然な製作が生れることになるのではないでせうか。岩手の山中は地の利を得てゐません。私は素人考へでただ簡単にさう考へますが、どうでせう」

三好はいつものように前借をして取材の費用を賄った。金勘定が先立つと落ち着きを失う。それもこの老人には見透かされているかもしれない。「原始人のようだぜ」といった友人がいた。ああ、この原始人に自分はどう映っているのだろうと、三好はいよいよ落ちこんでいったのではないか。

三好に東京移住を勧めたのは年来の友人・桑原武夫であった。

「越前の君の仮寓を訪れたとき、（中略）ぼくはあの風景の中に杖をふってあるく君の姿をおいてみた。そしてそれがあまりぴったりするのに驚いた。あそこは君に適しすぎる。（中略）困難があっても、君は東京へ出てくる方がいい。」（一九四六、「三好達治君への手紙」引用は『桑原武夫集』岩波書店、以下同じ）

彼は福井の出身である。そのうながしは爽やかだった。それが自分にはない、と三好は高村の静寂の前で悟った。

「ここは、あなたに似合いすぎる」

真似るなら、そういうべきだったのだ。桑原の手紙は温かかった。それに縋った。しかし今の自分にその温かさがあるかと自問した。

眼の前の老人のいささかも揺るがない居ずまいに圧倒されて、越前三国の寓居を引き払って上京するというそのことだけで、気持がはずんだ自分が顧みられる。この老人を上京させなければ、自分が救われないかのような切迫したものに揺さぶられていた。

当然のことながら、帰ってから書き上げた原稿に三好達治は満足できなかった――とわたしの夢想は止め処がない。

花巻の高村光太郎は、山小屋の裏の智恵子を偲ぶ丘に登り、思い出をさらに書き足して『智恵子抄』を膨らませようとしている。対照的に、三好の蜜月は一年も持たずに破れる。熱愛する女に愛されない彼に、愛せない土地、愛せない思い出が残る。

二

日本の社会全体が敗戦という現実に対応できていないまま、炎天にさらされていた八月十七日、人々は朝日新聞の紙面に高村光太郎の詩を見た。あの戦争詩を書き続けた詩人が敗戦詔勅に対して「一億の号泣」という葬送曲を歌うのを読んだ。かつて天皇のために戦いに出よと歌い、いま天皇のために敗戦を泣く。戦時下での人気を光太郎と二分した詩人・三好達治は激しい違和感を持ってこの詩を読んだ。

そして駆り立てられるように原稿用紙に向かった。この激情を表すのは詩ではだめだと直感した。構想も立たないままに「なつかしい日本」と書いた。雑誌「新潮」が何か書きませんかといってきている。インクの出の悪い万年筆であった。激しい動悸に身体がこわばる。無一物だ、心も身体も、と叫ぶ声があった。

「なつかしい日本」――とわづかにこの一語をかかげようとしてさへ、すぐ唯今の私たちの意識には、いつかうになつかしからぬ日本の姿のみがつぎつぎと連続して浮び上つてくる。

支那事変以来数年間の激戦混戦悪戦の間に、私たちの心はどれほど疲弊してゐるか、それはまたその後の終局の敗戦によつて、敗戦後の窮迫によつて、如何にいつそう荒廃に瀕しつつあるか、唯今のやうな万事に冷静を失ひ勝ちな世相に於ては、自らの精神状態をさへも静かに反省することが実は困難に近い。明日の再建に最も必要な精神の冷静と根柢のたしかな自尊心とは、この際に最も見失はれ易い危険にある。母国の姿が一種幻覚的に、ことごとにいつかうなつかしからぬ暈翳を伴つて、私たちの視界に上らうとするのは、実は私たちの精神が現在甚だしく疲労してゐるための病的な仮幻作用によつて、恐怖的に、そのやうにそそのかされてゐないものとも限らない。さうしてまたその傾向は、現在に於てよりも将来に於て、一層危険に悪化しさうな条件を、具へてゐるさうにも危ふまれる。これは私の杞憂であるが、つひに杞憂に終れば幸せである。

滑らかに進まないペンを無理に進めるうちに、「私たち」ではなく「私」ではないのかという声がする。絶望はこちらにあり、多くの人々にはないのかもしれない、彼らは気を取り直せば未来に向かって歩き出せる人たちなのではないか。三好は自らの弱気をねじ伏せる。激しい口調が空疎になるのを恐れてはいられない。

愛国心といふものは、本来愛さるべき価値のある国土にむかつてしか発動しない。歴史、習慣、文化、同胞、或は物質的な財産すべて、それらが我々の愛情を喚びさまさない時に、われわれはこのわれわれの国土に対してすら愛国心を覚えることはできない。われわれがこの国土をわれわれの母国とするのは、運命である。われわれは必ずしも運命を愛しない者ではない。しかし愛情は単なる運命の神によつてその上に繋ぎとめられるものではない。愛情は多くの善意の積み重ねによつて培かはれた豊かな土壌の上にしか育たない繊細で敏感な萎れ易い植物である。

「なつかしい」や「愛国心」を繰り返すごとに意味のうすくなってゆくような不安があった。無理にでも書き進めればもう少し見晴らしの利く地点に出られる、ここでペンを止めてはならない、自らを鞭打つと同時に、彼は祈った。「私たちは常に廻り路をさけて、愛情の触手で、理性の混乱した時に、いつそう敏感に働き出すその直感で、私たちの国土からたしかななつかしい日本の姿を見つけだしたい」

「なつかしい日本」は一九四六年の雑誌「新潮」一月号から三月、四月、六月号と書きつがれたが、回を重ねても書き手の意図に文章がなかなか寄りそってこなかった。「なつかしい日本」も「愛国心」も近づくどころか遠のくばかりだ。文体は韜晦し曲流し不機嫌の度を増す。しかしようやく六月号で突破口を見つけた。

陛下は一国の元首として、この度の戦争敗戦の責任をまづ第一の責任者としておとりにならなければならない。(中略)国民はいかにも素朴に服従の任を果したゞけ、それだけ事のかくの如くなつた始末に就ては陛下の側に背信の責のあるのを否みがたい。(中略)陛下は一国の元首として、戦争中の統率にも状況の判断にも臨機の措置にも人材の選択起用にも取捨にも民情の観察にも、また戦争の切上げ時に関しても、一向見栄えのするお手柄の拝せられなかつただけ、それだけ御責任を今日おとりになつてよろしい、それが至当である。国歩が艱難を極め、国策が相次いで破綻し、まして戦局が混乱して敗色を兆し、大事ことごとく去るといふやうな顚落の秋は、陛下の聡明を以てしても之を用ふるの時も所も存しなかつたであらう、その間の御焦慮と御衷情とは如何やうにも拝察せられるが、それはそれ、これはこれ、ために陛下の御責任を不問に附しては、世に道理は廃れる。陛下が現人神にあらせられぬことは陛下自らがお認めになつたから間違ひはあるまい。

文章に勢いが出てきた。このために書いてきたのだという確信が原稿用紙の行間に行き渡った。「陛下は事情のゆるすかぎり速やかに御退位になるがよろしい」と書いて結んだ。果すべきことをなしたという満足感は久しぶりのものだった。

しかし、この回限りで連載を中断するという連絡が来た。担当の編集者はしどろもどろの言い訳を繰り返した。「理由は」とも聞けないのが情けなかった。重い苛立ちの中に背中が冷たくなるような気配がある。当然の主張を書いたのだ、いまこそこの議論が必要なのだと鳴り響く声が全身に満ちるのに、それは出口を塞がれていた。彼は不機嫌に打ち沈んで日をやり過ごさねばならなかった。

桑原武夫が「三好達治君への手紙」を「新潮」十一月号に書いてくれた。

君の「なつかしい日本」は戦後にあらわれた文章のうち最も誠実にみちたものの一つであった。孤高の詩人がかかるものを書いたのに驚いて、君が近くにいた中野重治氏の影響をうけたなどというものもあった。……そこにあるのは君の蓄積された思想であるのに。そうだ、あの文章には思想がある。……日本現代社会の矛盾は、天皇に御退位をすすめるところに至って、君のエセを中断せしめた。天皇制の問題が前進を不可能にしたとはぼくは思わない。けだし「なつかしい日本」は今日何人にも書けぬものをもっているからである。……思うに君は「なつかしい日本」の含む思想の問題を観念的に解決するよりは、むしろあくまで芸術家として、詩を書きぬくことによって解決せんとしているのではないか、という印象をぼくは受ける。……まず自己の矛盾を臆することなく世人の眼前に提出して、それが解決過程をも世界人の面前で行おう、という誠実な決意をしたものではないかと思われ、ぼくは改めて敬意をはらうものだ。（……は中略・引用者）

三国の仮寓で久しぶりに深呼吸ができた。いつも温かかった桑原の友情を思い、一人になると涙が吹きこぼれた。「桑原に思想があると言われるとはね」と若い仲間の畠中哲夫や都留春雄、竹島泰、藤野恒道に向かって呟くときも、笑おうとしてまた涙ぐんだ。中野重治も「三好は全身の力で書いた」といってくれた。

その中野重治が翌年の「展望」一月号に『五勺の酒』を発表した。これは「なつかしい日本」に触発されたのだといってくれる人がいた。孤独な座敷に光がさした。

天皇制とその戦争責任が議論されるために、いまもっとも重要なこと必要なことを書いたのだと、ようやく自らを恃む思いに落ち着けた。

三

「なつかしい日本」……ぼくは大いに感銘を受けたと桑原はいった。君は最初から端正な、いわば完成したというに近い詩人としてデビューしたといった。彼は「なつかしい日本」の批評に入る前に、私のデビューから書き起こしたのだった。それは彼の友情ではあろうが、何という見当ちがいだろう。私は詩人ということを忘れて書いたのだった。いや、そうではない、萩原朔太郎への長い傾倒の時を経て、ようやく自分のことばを手に入れた、さらに苦しい研鑽を重ねた年月があった。しかしそれらをすべて忘れて、「なつかしい日本」に向かったのだった。なぜならそうしなければ戦時中の、あの売れに売れた私の詩集を否定することができない。都合よく自分を誤魔化して、どうして人々に受け入れられよう。

しかし桑原は、「甃のうへ」(『測量船』)を引用して論を進めている。

あはれ花びらながれ
をみなごに花びらながれ
をみなごしめやかに語らひあゆみ

うららかの跫音《あしおと》空にながれ
をりふしに瞳《ひとみ》をあげて
翳《かげ》りなきみ寺の春をすぎゆくなり
み寺の甍《いらか》みどりにうるほひ
廂《ひさし》々に
風鐸《ふうたく》のすがたしづかなれば
ひとりなる
わが身の影をあゆまする甃《いし》のうへ

「何という新鮮なしかも端正なステップ」と称賛し、「三好さん、あんたはひどい。こんなふうに歌われてしまっちゃ後から来るものはやりきれない」と叫んだ文学青年のことまで持ち出している。だが、「甃のうへ」は戦争詩集へまっすぐに繋がっている。友情は痛いほど分かるが、桑原の批評は否みがたく核心から逸れている。

常に多産なのは、君の危険性にある、とぼくは信じている。そう信じながら、一方でぼくは恐らく君の詩を支えたであろうところのものを、君の危機をにくんでいた。それを取りのぞくことが、たとえ君の詩を凡庸に堕せしめようと、君の不幸（はっきり言おう）の消失をぼくは常に念じ、それに対してぼくの無力なのを悲しく思うことが多かった。凡人の友情は、友人の非凡よりも平板な幸福を願うものなのか。……ともかく、君は孤独の詩人となった。……君はいよいよ自然詩人として完成していった。

「わが名をよびてたまはれ」いま夜半すぎ、この詩を口ずさんでぼくは涙のにじみ出るのを禁じえないのだが、これをぼくはやはり自然詩人の境地という。（「三好達治君への手紙」）

桑原はまるで青春の若者のように感傷的に書く。そうだ、「甃のうへ」を人々は褒めそやした。「人の世よりもやや高き　梢に咲ける桐の花」に酔い、「山並み遠に春は来て　こぶしの花は天上に」の情緒を愛してくれた。しかしそれは戦争詩『捷報いたる』（一九四二）と同質であるのだ。日中戦争時代の『艸千里』（一九三九）からすでに続いている。

おんたまを故山に迎ふ

（前略）
かへらじといでましし日の
ちかひもせめもはたされて

なにをかあます
のこりなく身はなげうちて
おん骨はかへりたまひぬ

ふたつなき祖国のためと
ふたつなき命のみかは
妻も子もうからもすてて
いでまししかのつはものの
しるしばかりの　おん骨はかへりたまひぬ

（『艸千里』）

日本人の不幸と私自身のそれを心深く綯い合わせて、およそ等閑に歌わなかったという自負はあった。しかし、「甃のうへ」を真に愛した人は見抜いているはずだ、あの世界が戦時下にあって砂で描かれた絵のように崩れ去るのを。そしてそれを憂えたにちがいない。私は批判攻撃には強靱な気概で立ち向かえるが、愛読者の悲しみには弱い、まして心やさしい親友のそれには。

けれども自分を戦争詩人へ駆り立てたのもまた、そうした人々の憂愁、悲痛であることをこれらの詩篇に読みとってくれただろう。それを自覚したからこそ「天皇」と斬り結ばねばならなかったのだ。退路を断って飛び込むように書かねばならなかったのだ。「退位なさるべきだ」と。

しかしさすがに桑原は鋭く見抜いてもいる、「君の危機」「君の不幸」が詩のことば全体を支えていると。いわばそれらすべてを抱え込み、さらにもっと不幸になるべく、もっと深い孤独に向かって私はアクセルを踏んだ。それが「なつかしい日本」であった。嗚呼、親友にさえ理解されることの難き哉。

後に桑原はのどかな思い出話の口調で書いた——戦争詩「捷報いたる」はスタイル社から出した。宇野千代女史を昔から好きだった三好は、この美人社長を搾取すべき出版機関の長とみなしたか、したがってその印税率などはどんな計算をしたのか私は知らないが、ともかく巨額の金のはいった直後に、私は彼を小田原にたずねた。金がはいったんだ、こんどはぼくが全部するからといって、彼は私を伊東温泉へつれていった——そして湯水のように散財する詩人を「天才的錬金術師」と回想する。

穏やかな性格と育ちのよさから来る陽性の桑原の眼に、この「錬金術」が実は無一物への破滅的な衝動であると見えていたか。同じように、ようやく到達した「天皇退位」の問題がどんな決意で書かれたか、「自然詩人の境地」をきっぱりと捨てねばならぬ断崖の縁に身を置いて書いたことが見えていたか。

しかし、「なつかしい日本」と題したとき、すでに自分は「日本」という伝統主義の病根に深く毒されてもいたのだ。「涙をぬぐつて働かう」（一九四六、『砂の砦』）と、左翼に喜ばれるような詩を試みもした。それを賞賛してくれる人もいた。身に合わないことはだれよりも自分が知っている。かといって、桑原がいう「自然詩人」に戻れようか、否、である。

焦燥は深く内部に沈澱してゆく。鬱々とした日々を三国の海岸で夕日を眺めてやり過ごした。落日の壮麗が慰めにはならなかった。北陸の港町の人々は善意であれこれと世話をやいたが、憂愁は深まるばかりだった。

四

「なつかしい日本」の続稿を書かないかという依頼に応えたのは、二年後の雑誌「新文学」においてである。三好達治は「あの拙文は途中で多少の理由があつて中絶した」といいわけじみたことばで再開した。

「その後なつかしい日本の姿はますます急歩調で混乱し、堕落し、浅ましく成り下り、手近な身辺をかへり見ても、ことごとに明日の陰鬱な天候を思はせる日没時のやうな感が深い」

不機嫌な文体はとどまるところなしであったが、冷静を心がけて「言語及用字の問題」「言葉の問題」と書き進めた。世の中は新仮名遣いに変わろうとしている。

三好は日ごろ、詩人は散文を書いてみればその力量が分かると広言していた。だから、難渋する筆は自分に跳ね返るのだった。しかし、最後に来てようやく滑らかになる。折から話題を集めていた谷崎潤一郎の歌集『都わすれの記』（一九四八、創元社）に立ち向かってからだ。

谷崎は、『細雪』を公には中断して戦時下を潜り抜けてきた。その彼が、いま晴れやかに再登場したのである。

「何を緒ぐちにして語りだしていいのか、いささか戸惑ひを覚える。問題はとるにもたりない瑣事のやうにも思へるし、その見かけの瑣事のうしろには空虚な馬鹿々々しい事情が幾重にも重なりあつてゐるやうにも思はれる」と三好は書いた。文章が俄然勢いを持ってくる。彼は嫉妬に敏感な人である。やっかみを気取られぬように用心した。

全編が罵倒に終始する批評となった。

「この歌集は、内容の作歌がことごとく、ほとんどことごとく全く手ごたへのない愚作で」と始まり「甚だしく強度の足りない、期待はづれのもの足りなさなまぬるさ」「内容のないテーブル・スピーチでも聞かされた後のやうな、不満とも不快ともつかないむづがゆさ、したつたるさ、じれつたさが後味として残される」「空虚とも混ぜものともつかない、情感の不良導体が、一応巧みな（？）その手つきのかげにかくれてゐる」

激しい舌鋒は矛先知らずである。

「花の名を都わすれと聞くからに身によそへてぞ詫びしかりける」に対して三好は書く「即興とみなしてよろしい」

「侘びぬれば都わすれの花にさへおとれる我と思ひけるかな」には「ほんとですか」

「歌は生物《なま》で厄介だ」、小才の利いた順列組み合わせでなされると、それはアナクロニズムである。「花」こそ迷惑、紋切型のあいしらいに詩情は堕落してしまう。三好は谷崎一人を問題にしているのではない。日本の歌、作歌の精神を論じている。薄暗い茶の間で六十過ぎの婆さんがひねった歌なら言わない、『細雪』完成の評判が喧しい作家「大谷崎」のなすことであるか。

やがて「歌は情を訴へるものだ」「歌は悲傷を訴へるものだ」と、口調がやや変化してくる。そして次第に国士的な悲憤慷慨の色を帯びてくる。「戦時下の世相が酸鼻の度を高めるにつれて」老大家にも辛労な環境が差し迫っていたであろう、疎開生活は不如意であったろうと理解を示す。しかれば、歌詠みとして認めてもよい数首はある。

「夏の日のあつきめぐみの畑つ物得まくぞほしき豆も玉菜も」には「実情実景そのままなのがよい」

「さすらひの群にまじりて鍋釜を負ひ行く妹をいかにとかせん」には「見せかけやしぐさも邪魔にはならない」

「わらじ売る店屋《みせや》の軒に家居《いへゐ》する燕におとる身にしやはあらぬ」には「先の「わびぬれば」の都わすれにくらべればこの方がなんぼうましかしれない」

「なつかしき都の春の夢さめて空につれなき有明の月」

「老いぬれば事ぞともなき秋晴れの日の暮れゆくもをしまれにけり」

この二首に対してこの境地がこの作家の身上か、「婉然たる月並の、皮膜の間にわづかに真実があつて、質もほどほど、高くも深くも鋭くもないが、これはまあこれでよろしい」

結局すきっとした膝をうつほどの佳作には出会えなかったが、「なまぬるさと重つたらしさと、あるおつとりとした路上でみる牛の涎のやうななるほど気の永さうなひと節だけはたしかにある」

喧嘩早い人だったという証言がいくつもある三好である。何とか無難にまとめようという弱気に何度も襲われる。そのように自分を鞭打っていると再び気難しさが頭をもたげる。「この人には歌よみとしての大切な資質が、多くの点で甚だしく欠けてゐる」。それは何も谷崎のみを責めて終わることではない、自分にも跳ね返る刃なのだが、「なつかしい日本」と題した上は引き下がれない。三好は自らの憤懣を励まし続けた。

「もしもトマス・マンやアンドレ・ジイドが、彼らの文場で、絵入本の贅沢本で、どうだらう、もしも、こんな具合の、彼らの『都わすれ』を仮りに出したとしたら……。一も二もない、答は簡単だ、さやうな空想は成り立たない！

成立しない空想が、ここでは白日下の現実だ。日本はお伽噺の国だ。こんな本を出す本屋さんもお伽噺の国の本屋さんだ」

「愚を説くことの難いかな」と書いて文章を閉じた。ようやく前編に繫がったと、三好達治はささやかに自負した。しかし前編後編を通じて、「なつかしい日本」に到達できたといえるだろうか。「日本」という怪物に翻弄され続けたように見える。――「なつかしい」ものというのはこのように届きそうで届かないところで霞みながらこちらの心をわし摑みにする、それが自分の詩の世界だ、それは鎖のように自らを縛る。詩人はここから解放されることはない。

そういう自分もまた、トーマス・マンとは遥かに遠い土壌の上にいると認めざるをえない。

『都わすれの記』は、芦屋の谷崎潤一郎記念館で見ることができる。閲覧願という用紙に、「目的」を書かねばならない。一介の老人の興味でふっと見たくなっても見られる本ではないのだ。しかし、腰を低く願い出ただけのことはあった。それは、手袋をしなくてよろしいかと伺いたいほどのものである。愛蔵本として深く秘蔵される体のものであった。

千円という値段が豪華さを自認しているといえようか。装丁と挿画は和田三造が担当、古書と間違えそうな全編木版刷りである。しかもその筆は、伝説的な愛妻・松子によるもの、千冊限定の和綴じ。

わたしは思わず苦笑する。この前年に出した三好の詩集改版再刊『花筐』（実業之日本社）も青山二郎の装丁で、当時の本としてはなかなかの美本だが、五十五円である。三好の激昂はこの値段にも起因しているのではないだろうか。

さしもの激烈な愚弄嘲笑にもかかわらず、日本文学の世界での勝者は谷崎であった。記念館の静かな閲覧机で三好の歯ぎしりを聞いたような気がした。

五

怒れる孤老のまま三好達治は世田谷の下宿の一室で死んだ。享年六十四歳。

「三好さんを北沢のお宅にお訪ねしたのは、昭和二十六年か七年頃ではなかったかと思います。三好さんとのご縁は必ずしも深くなかったのですが、「四季」に出していただいた「諸国の天女は」がいわばデビュウでしたから、師・佐藤惣之助亡き後、進むべき方向を考えあぐねてお考えを聞いて見たいと思ったのも自然だったのです。ところが案に反し、三好さんは私の詩にダメを出されるのでしょげてしまいました。あまりのご機嫌の悪さに、こんな事で私は自分の価値を見捨てやしないと却って元気付けるのでした。重大なまちがいをしている事に気づいたのは萩原葉子さんの『天上の花』を読んだときでした。三好さんは佐藤さんの妻になった萩原愛子さんを深く愛していらしたのに佐藤さんに取られて恨みは深く骨髄に徹していた。何も考えずに行った私はきっと惣之助師のことも話したでしょう。三好さんと私は水と油のようにパッと別れてしまったのですが、私の詩をくさされた事も、今は逆に快く、山椒の実が歯にあたった時のような思い出です」

このように思い出を語るのは、永瀬清子である。彼女が高村光太郎との出会いを懐かしむ口調とは大いに異なることに一驚する。

「「おーい、永瀬サーン」ととてつもない大声で私をお呼びでした。その声はまるで岩手の山の中で猟師などが谷向うの人を呼ぶように。まわりの「東京」を忘れて熊が吠えるように。またその呼び声の中には、高村さんの長い長い忍従の心が、理由なく一人流ざん生活をおくって屈していた心が、思わずしらず吐きだされたような、それは私も同じように田舎の生活を強いられて、戦後は孤立の生活をつづけていたので、同じ心を理解し察する点で、すこしは高村さんに近い人種と思われたかのような、そのすべてをこめて、高村さんは私を呼んでいられました。」（『かく逢った』一九八一、編集工房ノア）

光太郎が「熊」、三好が「歯にあたる山椒の実」、さすがに詩人である。

河盛好蔵は「憂国の詩人・三好達治」と題して書いた。

「三好君には機嫌の悪いときには、立てつづけに毒舌を振うことがよくあった。大ていは人物評であるが、それは辛辣《しんらつ》をきわめていて、当人の耳に入ったらただではすまないようなものであった。しかしいかにも肯綮《こうけい》をえているので賛成しないではいられなかった。そのかわり私自身も彼の毒舌にかかっていることがしばしばあるにちがいないと思い、そんなときの三好君は非常にこわかった」。「三好君にはそのような憂国の志が常にあって、時として大きく爆発することがあった。『捷報いたる』を書いたのも、戦後、天皇の退位をすすめたのも、みなこの憂国の志から出たものだと私は解釈している。」(『孤高の鬼たち』所収、文春文庫)

杉山平一は、三好に見出されて詩人として出発できたと書いている、いわば恩師である。また三好が「終戦という言葉は使わなかった」といっている。「戦い敗れたのである」と。

「私(筆者)が出征して、兵営から軍務の報告を書き送った手紙に対し、鎌倉の極楽寺からハガキを頂いた。(昭和十三年十一月二十一日)

お手紙ありがたうございました。兵営生活は小生も嘗て経験があり、いろいろ往事を懐ひ起しました。演習のつらさや苦しさも想起しました。貴君が今そのやうな猛烈な生活をなさつてゐることを不思議な感動をこめていろいろ想像してもみました。どうかからだに気をつけて元気で軍務に精励して下さい。さうして命令一下北支へでも南支へでも出かけていつて最も男性的な活動をして下さい。僕は貴君の年長者として、また銃後の一国民として、さう申上げます。たくさんの感情と共に、艸々。
戦後読んでみると、死んでこいといわれたようで辛いが、終わりに「たくさんの感情と共に」という言葉に、時局柄の万感のいたわりがこめられているのがわかる。男性的な活動をして下さい、というのは本心であったと思う（中略）それにも拘わらず、実に涙もろかった。」
（『三好達治　風景と音楽』一九九二、編集工房ノア）

三好は毒舌が鋭くしつこく、喧嘩早く、あるときは暴力におよび、去ってゆく友も多かったが、多くのすぐれた読者にも支えられてきた。石川淳もその一人だ。

「いつたい三好はどこに行つてしまつたのか。いかなればかくのごとき仕儀に落ちたのかと、わたしの側から見て茫然とするやうな、どうにも納得しがたいやうな時期と作品とが三好に於て事実として無かつたとはいへない。（中略）いくさといふものを丸呑にしたやうなこの詩歌はわたしを当惑させた。（中略）三好はどうしたのか。疑問はすなはち宿題としてわたしに残つた」

「三好は戦後の時事にふれてときにこれを論じときにこれを歌ひはじめた。論は迫つて天皇の進退にもおよぶ。（中略）かつて真珠湾を歌つた当人がこれはぜひきつぱりと一言しておきたかつたことだらう。天皇個人の前にあたまをあげて開き直つた申条である。（中略）当時の三好の詩のいくつかには、国が破れたといふことの悲憤と慟哭とがあやしいまでに深く沈んでゐる」（『石川淳全集　十五』所収、一九九〇、岩波書店）

これらの証言や追悼文を凌駕するのは萩原葉子の『天上の花——三好達治抄』（講談社文芸文庫）である。葉子に対して室生犀星はやさしかった。「父（萩原朔太郎）は実生活がまるでだめで、室生家の様子とは全くかけ離れていたが、三好さんの下宿住まいの生活は、もっと孤独だと思い、三人三様の生活を不思議に思うのであった」という。

三好達治を描きながら父・朔太郎と犀星を円環のごとくつないで、豊かな膨らみを見せる。まことに「三人三様」である。それぞれの人物に対する深い洞察が、まさにこの世に生きてある姿に立ち上がらせている。その寂しさや厳しさを愛をこめて描いた。身近に接した人しか知らないその息づかいは、戦後という混乱と貧困の時代をも鋭くえぐっている。

三好達治は室生犀星を評して言ったそうだ、芥川龍之介は百発中九十九中であるのに対して室生は一中だが、その一中は芥川にも叶わぬ的を射抜くと。この比喩をわたしは何度も三好達治の身の上と文学を考えるのに反芻した。三好の詩はまさに九十九中である。最初に紹介した「福井県民歌」の例外はあるにしても、である。それに対して散文「なつかしい日本」は詩では射ることのできなかった一中ではなかろうか。

「なつかしい日本」はエッセイとして上質とはとても思えない。しかし、そのくぐもり滞る文体で彼が訴えたかったことが読むほどににじみ出てくる。書かねばならないという切実さが柔らかさを奪っている。不器用な見苦しさもまた、切なさを表す。そして生ぬるい現在の文学状況を暴く。いま誰がこんなに勇敢に他をはばからず書いているだろうか。三好が猪突猛進で挑んだのは文壇に行き交う生ぬるい空気に対してだった。

室生犀星の「土澄みうるほひ　石蕗《つわ》の花咲き」という詩句を三好は愛したが、この「土」は犀星の庭の丹精込められた土である。そこにみごとな石蕗の花が金色に咲く。戦後社会という「土」は、三好にとってうるおい澄むどころではなかった。汚れ極まった土を舐めねばならぬこともしばしばだった。その中にあって、苦吟さながらの「なつかしい日本」を書いた。だからどんな欠点を持っていようと「石蕗の花」のような命の輝きを放っている。

「私の詩《うた》は　一つの着手であればいい　昨日と今日と明日と　ただその片見であればいい」（「枕上口占《ちんじょうこうせん》」『艸千里』）といったが、もし「なつかしい日本」を書かなかったら、彼は近代詩人の枠の中にしかいない。けれども彼が敗戦を深く考察する思想家であったことをこれは証明した。そして一九四六年時の「憂国」をうち立てようとした。三好達治本来の詩の精度から見れば破綻していると見る人もあろうが、戦後七十年を生きているわたしたちに「日本を愛す

ると は何か」「日本を憂えるとは何か」と激しく問いかけるものがある。

晩年の主張からはこの迫力が失せるが、次のような述懐にはこの老人の頑固一徹が健在である。

軍備を廃し戦争を放棄した平和国家にも、公務、公事に斃れる殉難者は跡を絶つまいだらうから、「靖国神社」は決して過去のものとはなるまい、それをいつまでも唯今の神社形式で保ちつづけようとするのは、いづれ近い将来に障碍を見るか、ないしは為めにせつかくの敬虔敦厚の美風が、国民一般の生活感情とは疎遠な陳腐な枯死した形式主義へと追々堕ちてゆきはしまいか。現にその危険のほの見えるかと思はれるのは、強《あなが》ちに私の杞憂であらうか。

(「東京雑記」一九五〇、一～十二月号「芸術新潮」)

老詩人の杞憂などではなかった。その鋭い予見にいまのわたしたちは射抜かれている。「なつかしい日本」は、日本のおける正統保守主義の可能性を示していたのである。あの時期に「天皇退位」問題を、彼のようにまっすぐに主張した思想家はいなかった。もっとも困難な時期、しかももっともせねばならない時期に、三好達治は渾身の力で書いたのである。

敗戦とは国が亡びたことだと気付いている人だった。そして「亡国」の現実を生きた数少ない詩人の一人であることを「なつかしい日本」において証明した。憂国の思いを「杞憂」と表現したところに彼の気弱さがにじみ出ている。そのさびしい後姿にはこちらの胸をつくものがある。

「夜汽車が木枯の中を」――横光利一『夜の靴』

横光利一の最後の長編小説『夜の靴』は日記体をとっている。指月禅師の漢詩風の一部がそえられて、題名の由来を記しているが、サブタイトルなら「敗戦日記」とある方が読者にはよく分かる。横光利一は、昭和初期の文壇で「小説の神様」などとして志賀直哉に続く位置を占めた一時期もあるというが、そんなことをいう人はもういないだろう。名前も作品もすでに過去のものになっている。敗戦直後にどのような小説が現れたかを探してきてたまたまこの作品に出会った。一読驚嘆、およそ横光利一らしからぬものという一撃であった。

日記という形が物語化を禁じる力となって全編を支配していて、一種心地よい緊張感を読む者に与える。『旅愁』や『寝園』『家族会議』などで世にもてはやされた作家の華やかさとは異なる姿形なのである。この日記には短編「古戦場」(『文藝春秋』一九四六・五)と重なるところがあって、さすがの「神様」にも小説に仕上げられないテーマであったのかもしれない。そういうぎこちなさも興味深かった。ただ、わたしの横光利一体験はないに等しい。というよりも、その文学の否定的評価ばかりを学んできたような気がする。

横光利一の戦中の作品『厨房日記』(一九三七、『改造』)については、わたしはそのものよりも宮本百合子の評論が忘れられない。百合子が「迷いの末」と題して雑誌「文藝」に発表、一九三七年である。そのころ百合子は執筆停止処分の状態からやや解放されて少しずつ発表できるようになっていた。この時期の評論『婦人と文学』はいま読んでも明晰さ、慎重さに感動する。これは長い間わたしにとって作品分析の教科書の一つだった。百合子は『厨房日記』を批判して横光という作家の弱点と矛盾をみごとに抉りだし、不幸な時代の文学に対する思いを切れ味よく示していた。

『厨房日記』は『旅愁』に描かれた欧州旅行から帰って家族の元に落ち着いた前後のできごとを旅行の回想に綯い合わせて書いたものだが、後に『欧州紀行』(一九三七、創元社)に収められた。風雲急を告げるヨーロッパの政治状況とそこで繰り広げられる知識人たちの会話がいかにも「おしゃれ」で、当時の読者を煙にまいただろうが、百合子の豊富な海外経験と広い学識で徹底的に見抜かれている。いわく、これが「高邁というポーズを流行せしめた」作家の姿かと。まるで小さな日本の蛙がヨーロッパという巨大な広場にふんぞり返る図ではないかと嘆くのである。「宙返りやとんぼがえり」をいくらしても、何の益もないという。

しかし、半世紀ぶりに読み返してみて、以前読み落としていたことにも気付かされた。『厨房日記』で作者と等身大の主人公が「日本の左翼はスターリン派かトロッキー派か、どっちが有力なんだ」と問うのだが、百合子はこれを「奇問」だと一蹴する。フランスに滞在して左翼運動の行き詰まりを横光は鋭く感じていたのである。日本の当時にあってそういう問題提起をする唯一の人が横光だった。彼の問いが「奇問」であるというなら、戦争一色のファシズムに反対した左翼もまた同じ体質であったということだ。百合子には横光の「奇問」に答える使命、というか責任があったのではないか。

『夜の靴』に、しばしば「いま、それをいうか」と問いたくなる饒舌がある。この作品は初め雑誌に分載されたが、その三回目「秋の日」が発表されたとき桑原武夫が鋭い批判で迎えた。「横光利一氏の『秋の日』」（雑誌「文藝」一九四七年四月）で、作品論というよりも作家としての存在そのものを問題にした、いわく「批評精神を失った日本の文壇によって与えられた不当の名声が、氏の自信を不当に拡大し、氏をして現実の注視を放棄せしめ、錯覚にみちた孤島人たらしめたのは悲しむべきことであった。そして孤島人に最もふさわしい精神風土が、素朴な神秘主義であることはいうまでもない」と。思い返せば、そのようにわたしも横光の文学を葬ってしまっていたのだった。宮本百合子や桑原武夫に導かれた道に横光の作品は存在しなかったのである。

それがいまそこはかとない微薫を伴ってわたしを誘う。アンビヴァレントな読後感に懐かしいような苛立たしいような気分がまとわりついて、時にひりひりと泡立つ。過ぎた時間へ戻るパズルに似ている。

一

かんぴょうの花、昼顔の花、かぼちゃ、孟宗竹、白瓜、稲の花、浜茄子、栗のいが、西瓜、青柿の葉裏、シダ、青紫蘇、新米、紅葉、あけびの実、茗荷、小豆、ごぼうの種、隠元豆、菱の実、自然薯、大根、杉木立――『夜の靴』に出てくる植物たちだ。これら生きとし生きるものの瑞々しい美しさが一日一日と刻まれるのは、日記体ならではのものである。雨や風の姿、陽ざしの影、滴のかたち、山と雲のたたずまいも自然誌さながらだ。

八月のある一日は、「南瓜《かぼちゃ》の尻から滴り落ちる雨の雫。雨を含んだ孟宗竹のしなやかさ。白瓜のすんなり垂れた肌ざわり。瞬間から瞬間へと濃度を変える峯のオレンヂ色。その上にはっきり顕れた虹の明るさ。乳色に流れる霧の中にほの見える竹林」という具合である。

作者は小さな存在をみつめつつ、一方で広やかな自然空間の微細な変化を飽かず眺めている。一九四五年の敗戦の日から半年間、山形県の一寒村での暮らしである。それは戦時下での横光利一の華やかな活躍を知っている人たちから見れば、まるで身を潜めているようであっただろう。病身を横たえているような低い位置に作者の眼が据えられている。

この日記の書き手は「見ている人」であり、「聞いている人」である。後述する高見順の『敗戦日記』が「動く人」であるのと対照的だ。思いがけず正岡子規の『病牀六尺』を連想した。子規が鶏頭の花やバラの芽、藤の花房、いちはつの花を見たように、村の風物が見つめられていて独特の詩情を醸し出す。横光は俳句も作ったらしい。碑文にその一つ「蟻台上に飢えて月高し」が彫られたのは秀作だからなのだろうが、作意が見え過ぎている。俳味はむしろ散文の方にあるように思う。

『夜の靴』は一九四六年から翌年へかけて雑誌「思索」「新潮」「人間」などに連載された。「夏臘日記」「木蠟日記」「秋の日」「雨過日記」と題されていた。単行本として「鎌倉文庫」から刊行されるとき『夜の靴』となった。「鎌倉文庫」は鎌倉在住の作家たちが中心になって戦時下から活動をしていた。高見順の『敗戦日記』にはその詳しい事情が克明に記されているが、敗戦直後から本格的、精力的に動き出した。久米正雄、川端康成、小林秀雄、高見順らが中心になった。四五年の暮れには雑誌「人間」を創刊した。

『夜の靴』は一九四五年八月から始まって、暮れの十二月までの日記、まるで中世から変わっていないような貧しい村での疎開生活の記録である。普通の日記と異なり、月のみで日付は「――日」とあいまいにしてある。しかし、初日は敗戦の日「八月十五日」と読みとれる。また、最後には「十二月八日」との明記がある。書き始めが敗戦詔勅の出された日であるのはともかく、終わりになって「私が自宅の門へ這入って行くのは十二月八日だった」と日米戦争開戦の日にした意図はどこかわざとらしい。「わざとらしい」と書いて、横光についてそれをいっても始まらないという気もする。

作者は空襲地獄の東京から逃れてきた。この村の人は大都市を襲っている戦火の悲惨の一切を何も知らない。まるで別世界だ。その静かな村で、六畳一間に四人家族が暮らし、電灯もない夜を凌いでいると、東京で体験した厳寒の夜の空襲が不思議な郷愁をもって回想される。爆撃の中、夫婦はそれぞれ病床にあった。「水腫《みずば》れ」のような貌で照明弾に照らされて「どこかへ突き刺さったまま迷うような視線」を投げる妻、座ぶとんを引き被ってその妻の傍に縋り寄る夫、防空壕へ入るように命じられているのに両親を案じて飛び出してくる息子たち。悲惨極まりない空襲風景だが、思い出話として語られると風が吹き抜けるように微苦笑を帯びる。家族は、食糧の見通しもない疎開生活の中で、東京の地獄の夜をまるで懐かしいもののように密やかに反芻するのだ。

「日記」という形が選ばれたのは、一日一日に徹して物語にすまい、歌うまいとする意志である。這いつくばった姿勢、高所を捨てる構え方がこの日記体小説の際立つところで、それまでの横光にない新しさだ。それは、『夜の靴』に百合子のいう「宙返りやとんぼがえり」が消えているということである。

『夜の靴』という題名は「木人夜穿靴去　石女暁冠帽帰」(指月禅師)からとったと作者自身の説明がある。ある夜「寸余も見えない石畳を探り探り降りて行く」自分の靴音を聞きながら、作者はこの対句を思う。

「夜の靴というこの詩の題も、木石になった人間の孤独な音の美しさを漂わせていて私は好きであった。石畳が村道に変ってからも灯はどこにも見えなかった。雪明りで道は幾らか朧《おぼ》ろになったが、踏み砕ける雪の下から水が足首まで滲み上り、ごぼごぼ鳴った」

指月禅師(慧印《えいん》)は江戸中期の曹洞宗の高僧。この句に寄せる横光の解釈には少し疑問がある。「木人」は木石ではない、木彫の人形である。それは「石女」と対になる。こちらは生命のない石造りの女の意で、日本語の「石女《うまずめ》」ではない。禅の深い意味はさておき、「夜」も「暁」と対になった副詞的用法で、「夜陰の中で靴の音を聞く」のである。「夜の靴」とちょっと違う。まして「木石になった人間の孤独」をここから引き出すのは無理な気がする。しかし、「夜の靴」というイメージにはモダニスト横光の余韻があって、「敗戦日記」としなかったところ、彼特有の気取りの残骸だとしても、切ないような華がある。題名についてもわたしの感想は揺れる。

講談社文芸文庫版の『夜の靴』には川端康成の弔辞の全文が付してある。横光利一は、昭和二十年の年末に東京に戻り、二十二年の末に亡くなった。『夜の靴』はほとんど命がけの仕事だったわけである。病苦はわずかに記されただけだったけれども、臥せている姿勢は現実だった。

弔辞を部分的に引用する。

――国破れてこのかた、一入《ひとしお》木枯にさらされる僕の骨は、君という支えさえ奪われて、寒天に砕けるようである。

君の骨もまた国破れて砕けたものである。このたびの戦争が、殊に敗亡が、いかに君の心身を痛め傷つけたか。僕等は無言のうちに新な同情を通わせ合い、再び行路を見まもり合っていたが、君は東方の象徴の星のように卒《にわか》に光焰を発して落ちた。君は日本人として剛直であり、素樸であり、誠実であったからだ。君は正立し、予言し、信仰しようとしたからだ。

君の名に傍《そ》えて僕の名を呼ばれる習わしも、かえりみればすでに二十五年を越えた。君の作家生涯のほとんど最初から最後まで続いた。その年月、君は常に僕の心の無二の友人であったばかりでなく、菊池さんと共に僕の二人の恩人であった。恩人としての顔を君は見せたためしは無かったが、喜びにつけ悲しみにつけ、君の徳が僕を霑《うるお》すのをひそかに僕は感じた。

その恩頼は君の死によって絶えるものではない。僕は君を愛戴する人々の心にとまり、後の人々も君の文学につれて僕を伝えてくれることは最早疑いなく、僕は君と生きた縁を幸とする。生きている僕は所詮君の死をまことには知りがたいが、君の文学は永く生き、それに随って僕の亡びぬ時もやがて来るであろうか。（中略）

君は日輪の出現の初めから問題の人、毀誉褒貶の嵐に立ち、検討と解剖とを八方より受けつつ、流派を興し、時代を劃し、歴史を成したが、却ってそういう人が宿命の誤解と訛伝とは君もまぬがれず、君の孤影をいよいよ深めて、君を魂の秘密の底に沈めていった。（中略）君は終始頭《こうべ》を上げて正面に立ち、鋭角を進んだが、野望も覇図も君が本性ではなく、君は稚純敦厚の性、謹廉温慈の人、生涯土の落ちぬ璞《あらたま》であった。（中略）

君に遺された僕のさびしさは君が知ってくれるであろう。君と最後に会った時、生死の境にたゆたうような君の目差の無限のなつかしさに、僕は生きて二度とほかでめぐりあえるであろうか。さびしさの分る齢《よわい》を迎えたころ、最もさびしい事は来るものとみえる。年来の友人の次々と去りゆくにつれて僕の生も消えてゆくのをどうとも出来ないとは、なんという事なのであろうか。また今日、文学の真中の柱ともいうべき君を、この国の天寒く年暮るる波濤の中に仆す我等の傷手は大きいが、ただもう知友の愛の集まりを枢とした君の霊に、雨過ぎて洗える如き山の姿を祈って、僕の弔辞とするほかはないであろうか。

横光君
僕は日本の山河を魂として君の後を生きてゆく。幸い君の遺族に後の憂えはない。
昭和二十三年一月三日　川端康成
（「人間」一九四八年二月号）

あまりの美文で思わず長い引用になったが、この友情の哀切は弔いの現場ではいかばかりだったか。横光利一という作家を正しく位置づけていて、しかも率直正直、その透明清冽な弔意は会葬の人を酔わせただろう。渾身の力を振り絞っている川端の姿は美しい。『瓦版　戦後文壇史』（一九八〇、時事通信社）で巌谷大四が、その様子を描いて、やはり弔文の全文を引用しているが、この葬送は敗戦の混乱が収まっていない文壇を象徴するできごとであったようだ。亡国の詩人たちがさまざまな思いを胸の奥に沈めて集まっていたらしい。

なにしろ、「毀誉褒貶の嵐に立ち、検討と解剖とを八方より受けつつ、流派を興し、時代を劃し、歴史を成したが、却ってそういう人が宿命の誤解と訛伝とは君もまぬがれず、君の孤影をいよいよ深めて、君を魂の秘密の底に沈めていった」中での死であった。『夜の靴』はそのような葬りの座に残された作品だ。作者の「魂の秘密」は理解されていたか。「僕は日本の山河を魂として君の後を生きてゆく」という川端の「日本」を共有できる人がそのときそこに何人いたか。

横光は『夜の靴』に書いている。

「愛国心は誰にもあり、敵愾心は誰にもないという長い戦争。そして、自分の身体をこの二つの心のどちらかへ組み入れねば生きられぬという場合、人は必ず何ものかに希願をこめていただろう。何ものにこめたかそれだけは人にも分らず、自分も知らぬ秘密のものだ。しかし、人は身の安全のためにそうしたのではない。たとえそれは間違ったものに祈ったとしても、そこに間違いなどという不潔なものなど、も早や介在なし得ない心でしたのである」

横光の感懐は川端に比べてずいぶん気楽なものだ。そうか、死んだ人の方が楽だったのだ。この弔文はまた、わたしの記憶の隅を微かに刺激する。ざらついた記憶――臼井吉見『事故のてんまつ』（一九七七、筑摩書房）で読んだ東京都知事選での話。一九七一年の選挙で美濃部亮吉と争った秦野章の応援を川端は果敢に行った。その演説の中で彼は次のようにいったという、「その書のみごとさ、立派さ、たっぷりと太い線の力強さ、気品高さ、格正しさ、しかもやはらかい豊かさと温いやさしさ、近来これほどの書を見たことはない。書は人であるが、私はこの書にひどく心打たれて、このやうな書を書く人を応援させてもらへるのは幸ひだと、心安らぎ、身もふるひ立つた」

これを読んだとき、恥じらいもなく褒めるものかなと驚いたものだが、この賛辞に都民は動かされなかった。応援した人は落ち、ノーベル文学賞作家の不幸はさらに深くなったのだろう。

二

『夜の靴』は「敗戦日記」と題されるべきであると先に書いたが、日付を明記しないことは、題名と同様に弱点になっている。多くの「敗戦日記」をわたしたちはすでに読んでいるが、この作品はその貴重な先駆けであるはずだった。川端が弔辞に「東方の象徴の星」とたたえ、「生涯土の落ちぬ璞《あらたま》」と愛した作家である。敗戦後の第一声は右からも左からも注目の的であったろう。

『夜の靴』の冒頭の「八月——日」を見てみよう。

駈けて来る足駄《あしだ》の音が庭石に躓《つまず》いて一度よろけた。すると、柿の木の下へ顕れた義弟が真っ赤な顔で、「休戦休戦。」という。借り物らしい足駄でまたそこで躓いた。躓きながら、「ポツダム宣言全部承認。」という。

「ほんとかな。」

「ほんと。今ラヂオがそう云った。」

私はどうと倒れたように片手を畳につき、庭の斜面を見ていた。なだれ下った夏菊の懸崖が焔《ほのお》の色で燃えている。その背後の山が無言のどよめきを上げ、今にも崩れかかって来そうな西日の底で、幾つもの火の丸が狂めき返っている。

緊張感のある美しい書き出しだ。烈しい動悸を伴う絶望感、作者だけでなく、文章も風景も表情をゆがめて苦しんでいる、身をよじり、悶えている、「日の丸」ではない「火の丸」の中で。

そして日記の二日目は——。

柱時計を捲く音、ぱしゃッと水音がする。見ると、池へ垂れ下っている菊の弁を、四五疋の鯉が口をよせ、跳ねあがって喰っている。茎のひょろ長い白い干瓢《かんぴょう》の花がゆれている。私はこの花が好きだ。眼はいつもここで停ると心は休まる。敗戦の憂きめをじっと、このか細い花茎だけが支えてくれているようだ。私にとって、今はその他の何ものでもないただ一本の白い花。それもその茎のうす青い、今にも消え入りそうな長細い部分がだ。——風はもう秋風だ。

多くの「敗戦日記」にはそれぞれの八月十五日があった。やはり『夜の靴』は小説なのだ。

事実としての敗戦日記ではない。「敗戦の憂きめをじっと、このか細い花茎だけが支えてくれているようだ」というあまりにも情緒的な描き方は小説だから許される、と作者は思っている。工藤恒治『横光利一とやまがた』（一九七八、東北出版企画）は「山形新聞」に連載された文章をまとめたものだ。新聞に連載されたときのタイトルが「美しき人　横光利一とやまがた」という、ある種の故郷賛美、お国自慢の仕事であるが、『夜の靴』を読むのには有効である。特に、「『夜の靴』と村の人々（上、下）」という第四章、第五章には写真やモデルになった人々の系図があり、ほぼ事実を踏まえて作られていることが分かる。

作者は「この村の人で、私の職業を誰一人知っているもののないのが気楽である」と設定しているが、唯一実名で登場している「菅井胡堂老師」はいったそうである。

「なんす、そげだ人、こげだどさ来ばや、ばあがまた」

「なんとしても、そんな偉い作家が、こんな西目部落などに来るものでない、馬鹿だなあ」と工藤が意訳している。

田舎の人は詮索好きだ、よそ者と見るとことん探る。横光利一は「身を隠す」擬態のスタイルをとったが、果たして現実はどうであったか。これも小説の設定、虚構として見る方がいい。

本家「参右衛門」（四十八歳）のモデルは佐藤松右衛門、分家「久左衛門」（六十八歳）モデルは佐藤八治、両者の写真が入っているが、年齢など忠実に描かれたようだ。間借りした家や部屋から見える庭、「釈迦堂」東源寺の写真も、小説にあるとおりだ。工藤が書く「一瞬、日光が射したかと思うと、忽ち驟雨。それも、ひどく烈しく降る。また、ぱっと照る。すぐ、篠つく雨になる」という風土。この陰鬱としかいいようのない気候は、村人たちのくっきりとした造形とあいまって、敗戦という大状況の鋭い隠喩ともなっている。

疎開先を探していた横光は山形県鶴岡市郊外の西目村にようやく落ち着いた。敗戦の報を聞く数日前である。本家・参右衛門方の電燈もない六畳の部屋だ。分家・久左衛門の世話による。この本家の四十八歳は働かない、巨漢である。「おれは金はない。金はないが、あんなものは入らん。食えれば良いでのう。こうしておっても食ってゆかれる。どうじゃ、あんたはそう思わんか」と酒ばかり飲んで身上を崩した。これを苦々しく見ている別家の老人・久左衛門は「何というても、金がなければ駄目なもんだ」という主義だ。日露戦争で負傷し、その恩給を元手に働きに働いて財産を大きくした。釈迦堂に参拝する人たちに笹餅を売ってさらに大儲けをした。金儲けをこの村の人々は卑しんでいる。

この対照的な二人は名前まで「右」と「左」だが、彼らが争っていると村人は安心し、仲よくすると警戒する。久左衛門はそのことを自覚しているが、参右衛門が何を考えているかはこの日記の書き手にも分からない。喋りたくて仕方がない久左衛門老人の「あなたと話してると、どういうもんか面白うて面白うて」という語りから伺うばかりだ。「徹底した怠け者であるところが、何となくこの村に滑稽でゆとりのある、落ちついた風味を与えている。配給物の抽籤のとき彼はいつも一等を引き当てるが、どういうものか、それがまた人々の笑いを波立てる」という男、この参右衛門方に間借りしているから、書き手はヤジロベエよろしく両者を眺めることができる。そのダイナミズムが村の生態を生き生きとユーモラスに浮かび上がらせる仕組みになっている。

貧しい参右衛門の炉端には貧民がたむろして「もうじきに共産主義になるそうじゃ、そうなれば面白いぞ」と笑う。久左衛門の家には上流派が寄ってくる。彼らの方にも悩みは多い。ともかく村には米が不足している。なぜ、不足しているのか、戦時中に政府のいいなりに供出してしまったからだ。そして優秀賞まで貰っている。その挙句、国は敗れ、政府は変わり、あまつさえ天候不順で米の不作は目に見えている。みんな飢えて明日の予測が立たないので、戦時農家組合長に人々の身勝手な非難が集中する。この組合長は参右衛門の妻の実家である。このようにつながり合いながら人は諍い続ける。

日記の書き手は観察する——

「農家のものらは、少ない言葉で抜きさしならぬ理窟をいう。自分の領分以外は世界のない綿密さだ。遠い過去からの集団の結集した総能力の中へ埋没した訓練で、自分の手がけた土地の実状に関しては、厳密な設定と等しい計算力を持っている。この頭の良さは、小さな米粒の点と、田の線からなる幾何学とをせずにはいられぬ代代の習慣により、自然に研ぎ磨かれて来ているためであろう。農家を愚鈍と思うものは、ここの言葉の不必要さを知らずに愚鈍としてすます、習慣の誤りだ。空想が少しもなく、天候の示す方向に対して実証を重んじ、土壌の化学と種子の選定以外にはあまり表情を動かさない着実さが、心理の隅隅にまで行きわたっている。まことに言葉以上の記号で生活している最上級の音楽形式がここにある。これを泥臭とばかりに見ていた自然主義は、自身の眼が根柢に於てあまりに自然主義だったというべきだ」

このような的確な観察に、農村の出身であるわたしは思わず笑い、故郷の誰彼を思い浮かべる。横光は敗戦の前年、雑誌「文藝春秋」（四月）に「パンと戦争」という威勢のよい進軍ラッパのような文章を書いて「三膳のご飯は二膳にせよ」と呼びかけたのである、そうしなければこの戦争には勝てないと叫んだ。今、三膳を二膳にどころか、一膳にも事欠く村人を前に「最上級の音楽形式」とは何事か、何の面目で日本の「自然主義」批判をするのか、わたしの笑いは徐々に苦くなる。

村人のしたたかさをリアルに描くこと、老人だけでなく若者も、どこか突き抜けた存在として示すこと、それが今の混乱の時代そのものを描きだすことだと彼は確信しているのか。日本の自然主義とは異なった手法、自然主義批判の仕方でなされねばならないと考えているのか。

なるほど。

たとえば参右衛門の次男「天作」は「白痴」だが、この家の唯一の現金稼ぎ手である。隣家の少年が早朝に呼びに来て、ともに白土工場へ行く。

「天作どーん。」「おう。」と、応える天作の声を作者は聞いている。

「一日一度の発声のようで朝霧をついて来る。何の不平もない幸福そうな、実に穏かな天作のその眼を見るのは、また私には愉しみだ。これは地べたの上を匐《は》い廻っている人間の中、もっとも怨恨のない一生活だ」

二十八戸のこの村では、十七人が出征し、二人しか復員してきていない。あの戦争に村の若者をなめたようにさらわれている。「怨恨のない」天作の声に心を和ませつつ、どこへ怒りを向けてよいか分からない「怨」が村全体を覆い、「恨」が底に淀んでいることも作者は知っている。村人だけではない、作者の家族も飢えている。人の好意に生存をゆだねた、いわば「乞食」の生活、人の情けにすがって生きているようで、ほんとうは「一度頭を昂然とあげて歩きたい」のだ。その上、夜には蚤の大群に悩まされ、蚤に比べれば空襲の方がましだったなどと自嘲する始末。

この「白痴」の青年の明るさと話好きの久左老人が、作者の「農村研究」を彩る。日記の文章は軽やかになり、しばしば笑いを、いや苦笑いと泣き笑いを漂わせる。わたしは先の反発を忘れたわけではないが、これこそ横光利一の傑作だと思って頁を繰るのである。

三

しかし、『夜の靴』を真に忘れがたい作品とするのはこの男たちではない、村の女たちだ。胸に大きな固いしこりを抱えた寡黙な女たちである。

八月のある日、本家も別家も憂色が濃い。本家の長男、別家の長女が樺太にいる。彼らの引き揚げ船が国籍不明の潜水艦に撃沈されたという噂が拡がっている。ぐうたら参右衛門は「いや、きっと帰れるさ。相手はソビエットだもんのう。おれたち貧乏人の悴《せがれ》を、殺すなんてことはせんもんだ」と相変わらずだが、その妻清江と別家の主婦のお弓は引きつったような顔で共通の憂鬱をささやき合い、打ちひしがれる。「本人が帰って、門口へ立って見てからでないと、何んにも分ったことではないのう」と清江は「一言小声で洩したただけである」。作者はひとり目撃して感じ入る。

この清江の像が日記全編にじっとりと滲み、深い光を放っている。四十八歳の夫とは同級生であった。まさか夫婦になろうとは思わなかった二人は親同士によって運命を決められた。

この婦人は、働くこと以外に夢を持たぬ堅実さで、私は来たその当夜、一瞥して感服したが、それは以後ずっと続いている。人の噂を聞き集めてみても、この清江のことを賞讃しないものはない。参右衛門はまことに妻運の良い男というべきだ。この点私は彼によほど負けている。

「どうもこの細君みたいな婦人は、一寸、見たことないね。それに顔立だって、よく見てみなさい。紋服でも着せて出そうものなら、東京のどこの式場へ出したって、じっと底光りして来るよ。」と私は妻に云った。

清江は、いわばこの日記の潜められた主人公であるが、「私の妻」もまた秀逸である。この日記における妻との会話はどれも精彩を放ち、つつましい生活の証明になっている。これら「妻」たちの存在感は漱石の「家庭日記」のそれに引けを取らない。また先述した横光自身の『厨房日記』の妻に比して格段の鮮やかさである。戦争は少なくとも作者に妻を見る力を育てたらしい。

「おれはこのごろ、人生はこういうものかと、少しばかり分って来たような気がするんだがね。辛いぞなかなか人生は——おれは毎日毎日、批評家からやっつけられ、右からも、左からもやっつけられ、内からは、またお前から毎日毎日だ。おれの身体は、穴だらけで、満足などころは、いったいどこにあるんだろうと思う。まったくだよ。人の非難するところを全部おれは、受け入れる性質だからね。こいつを全部受け入れて見なさい。おれは零以下の人間だ。そのくせ人は、おれにまだ何か書け書けだ。どういうことだろうこれは。どっかに一つ、良いところがなくちゃならんじゃないか」と至極正直に自己批評する。妻は「どっかしら。――ないわねえ」と容赦もない。

この妻が疎開生活の辛さを「あたし、帰りたい」と泣いて訴えるとき、日記に小さな火が灯る。「小林（秀雄）はいつかお前を賞めてたことがあるよ。君の細君はいいね、ぼッとしていて、阿呆みたいでって。」「まア、失礼ね。」「しかし、阿呆なところを賞められるようじゃなくちゃ、女は駄目なもんだよ。賢いところなら誰だって賞める。そんなのは、賞める方も賞められる方もまだまだ駄目だ。おれにしたってだ」

泣いて俯いていた妻はくすくす笑う。「私の方はそれどころではない」。「もう妻なんかに介《か》意《ま》ってはおれぬ。今しばらくは斬り捨てだ」

女たちから発せられた光がこのように「私」を照らす。女の内包する悲しみの炎が「私」の無残をほのめくように立ち上がらせる。そこに飄逸の気が漂う。「他人の心の奥底の心配ごとをこっそり覗きたいと思う悪心は、この主婦の清江に限って私は働かせてみたいのだ。この主婦の思い願うものは驚くほど質実単純なことにちがいないのだが」と、作家の眼は清江から離れない。いわば作家根性とでもいえるようなものを「悪心」といっている。特に『寝園』に顕著だが、女の心理をまるで掌に転がすように操って来た作家であるだけに、このことばは異彩を放つ。

その清江は、春秋二度、毎年ある巫女、村人から「仏の口」と呼ばれている巫女に、自分の心配ごとを聞き質しに行く。もちろん樺太から帰ってこない長男に心配は尽きないのだろうが、もっと生々しい苛立ちもある。先に記したように農家組合長は実家なのである。戦争政策に忠実だったことがなぜ今責められるのか、敗戦の責任がなぜこの無力な実家に問われるのか、激しい怒りの塊を抱えて生きているのである。作中でもっとも鋭い政治批判をする。戦争責任をこの寡黙な清江がただ一人で告発している。

別家の主婦・お弓（六十一歳）、その姉・利枝（七十歳）もまた、連れだって「仏の口」へ思い悩み抱えてゆく。妹は田んぼの中へ生み落として死なせてしまった子どものことか、麻疹で亡くした幼い孫のことかもしれない。姉の方は沖縄で末っ子が潜水艦の戦死を遂げたばかりだ。胸の重く苦いしこりは「仏の口」で何を説かれようと晴れるはずもない。日本中にこの時期どれほど多くの女が同じような呻き声を発し、身をよじりのたうちまわっていたか。

この姉、利枝も重要な人物だ。

「十七歳のときここの家から峠を越して海浜の村へ嫁入りした老婆、利枝が来て、生家の棟を見上げている。今年七十歳だが、古戦場の残す匂いのような、稀に見る美しい老婆で笑う口もとから洩れる歯が、ある感動を吸いよせ視線をそらすことが出来ない」

この風格を備えた老婆も家に帰れば「嫁に虐められるのだがのう」と清江は呟く。参右衛門たちが集まっているところで「私」が思わず「あのお婆さんは美しい人だなア」と呟くと、みんなきょとんとして不思議な顔をする。誰もその美しさに気付いていないのだ。

「この老婆のいるために、私にはこの村や山川がどれほど引き立ち、農家の藁屋根や田畑が精彩を放って見えているか知れない」

この利枝が「生家の嫁」の清江に訴え、清江は「私」の妻に訴え、妻は夫「私」に訴える。肉親ではない人への訴えの連鎖が悲しい。訴えは歌だ、その切実さゆえに、わたしはこの日記から離れられない。「老婆」はわたしと同年である。

四

『夜の靴』の作者は「目の人」であると同時に「耳の人」でもある。雨や風という自然の音だけではなく、人の声を鋭く聞く耳を持っていたことをこの日記は随所に示している。面白いのは、村人の方言がフランス語に聞こえるというくだりである。

広い平野の稲の中から突然フランス語に似た発音で、隣の宗右衛門の妻「あば」に呼びかけられる。「ダダ、どこへ行く」と。薄紫の鳥海山を背景にしたひろやかな稲田の中で「あば」は丸顔の嫁と一緒にくるくるとした眼で笑っている。この人のことばが一番フランス語だ。フランス文学者桑原武夫はこの部分について不快感を示している。「庄内地方の方言がフランス語に似ているというような考えは、それが社会の現実の中では通用せぬという点において、修正されてゆくはずだが」（前掲）と。ちょっと笑える。敗残の人の耳にそう聞こえるのである。異郷にありながらも心地よいのどかさを得ている、慰められている。

「寝ながらあちこちで話す村人の会話を聞いていると、このあたりの発音は、ますますフランス語に似て聞える。この谷間だけかもしれないが、意味が分らぬからフランスの田舎にいるようで、私はうっとりと寝床の中で聴き惚れている」

耳によってもたらされる愉楽の瞬間は、もう一つ描かれる。

親戚の婚礼の夜、飲んだくれた参右衛門が帰ってきて炉端で「鴨緑江節」をがなっている。ふとそのだみ声が途切れる、と妻の清江の「おばこ節」が聞こえる。「彼女の眼のような、ふかい穏かに澄んだ声である。それも、もう羞しそうではなかった」。夫の参右衛門は、この予期せぬ妻の歌に虚を衝かれる。「おばこ来もせず、用のない、たんばこ売りなど、ふれて来る」。夜半のしんとした冷気にふさわしい、透明な、品のある歌声だ。調子に狂いが少しもない。静かだが底張りのある「おばこ節」を母屋で参右衛門が、隣部屋で作者が同時に聞き惚れている。昔の同級生であるこの夫婦は、本人たちの思いもしなかった運命を、親の指示で生きてきた。体力を失っていっそう「耳の人」になった「私」は、まるで打ちのめされたように聴き入る。それほどにこのおばこ節は『夜の靴』における絶唱である。浄福のクライマックスに読者のわたしも陶然となって酔いを深くする。

最晩年に彼は短歌を作った。「耳の人」は短歌のリズムに引き寄せられたのだろう。全集には収録されていないので記しておく。保昌正夫『横光利一抄』（一九八〇、笠間選書123）による。

契丹の石に彫られし鹿の角さえかぶくを見つつたふれし
蜜蜂のわれを医さんと刺しくれて黝きむくろとなるもかなしき
蜜蜂の脚ちぢめつつ死にゆくを手につみ重ね握りけるかも
屋根瓦けりつつ歩む雀ども久しく忘れゐたるわれなり
つぎ生きて日ごと日ごとに見し雀かくと見しもの人にはあらず
二跨に岐れて咲ける辛夷ばなさかりの午をたふとしと思ふ
はかり針ほそく正しく天させりそら空しく澄みにけるか

（雑誌「文學界」復刊号、昭和二十二年六月）

『夜の靴』にも短歌「足のうら黒き農夫を見てをれば流れ行く雲日を洩しけり」が入ってい

るが、散文で書かれた「天作」の方が短歌の「足のうら黒き農夫」よりはるかに鮮やかだ。作者の人間凝視は散文にこそ表れている。

春を告げる「辛夷」の花の、光を天に返すような輝きが「たふとし」ではもの足りない。「蜜蜂」の歌には「蜜蜂の刺毒療法フランス人好めるを真似して打たせし折」と詞書がある。しかし、リズムにも凝縮力にも体力の衰えが見えて痛ましい。

五

この日記体小説の瑞々しさは、書き手夫婦の日常風景の魅力にも支えられている。思いがけなく温泉宿に夫婦水入らずの夜を過ごす出来事はことに印象深い。十年ぶりという好機に作者は胸を熱くするが、佐々木邦と座談会をするようにと文化部から突然の要請である。会場では「馬鹿な」医者の講演が延々と続いて、大切な夜が浸蝕される。

「東北人というものは、どうしてこう馬鹿なんだろうか思いますよ。だって、東条、米内、小磯と三代も、一番馬鹿な、誰もひき受け手のないときに担がれて、まんまとその手に乗せられて総理大臣になる阿呆さ加減というものは、あったもんじゃありませんよ。みんなあれは東北人だ。」――会へ「私」を連行した人は弁解がましくこんなことを言ってその責任を「東北人」へ転嫁する。作者の思いは次のようだ。

「私はまたそれとは別のことを考えていた。誰も逃げ廻るところを引き受けた誠実さを認めずに、他のどこをあの人人から認めようとするのかと。しかし、これは今後の問題でむずかしくなることの一つである。誰からも一大危機と分っているとき、逃げ廻る狡猾さと坐り込む諦念と。危機でなくともこれは毎日人には来ていることだ。今夜も私は襲われて鴨にされ、こうして十年目に巡って来た一刻の夫婦の夕さえ失った」

この宿で、古九谷の赤い湯呑み茶碗に執心する「妻」をいとおしく描いて、まさに掌中の珠を思わせる。

どうやら「馬鹿さ」や「阿呆」はこの日記の一つのキイワードだ。妻の阿呆、天作の阿呆、参右衛門の阿呆——これを東北人の一つの美点として巧みに描いて見せた。しかし、それを戦争責任の問題へ結び付けてよいものか。その上、戦時下のドタバタ政治劇はまだ生々しい記憶だ。それを「逃げ廻る狡猾」と「坐り込む諦念」と分析するが、戦争を推し進めた責任は「狡猾」の人にも「諦念」の人にも相同じ、「東北人気質」では済まない。その大状況の波紋を『夜の靴』の細部は暴いてきたのである。それであるのに、戦時下の輝ける「星」であった人の歴史観は、敗戦体験によってもまったく変わっていないではないか。戦争の体験に川端の方がずっと傷ついている。横光においては、傷つくだけの体力がすでに失われていたということかもしれない。

また次のようなこともある。

「日本人なり」「日本の米」「日本の原風景」「日本人らしい笑い」と、この日記にはたくさんの「日本」が現れる。その違和感を究明せずに来た。なぜといえば、他の多くの「敗戦日記」も「日本」という呪縛で覆われていて、この現象はひとり横光利一の特徴ではないからだ。当時の多数の人が「日本」を抱きしめて飢えを凌ぎ、喪失に堪えて来たということなのだろう。

『夜の靴』だけでこの現象を簡単に論じられないが、「まんまとその手に乗せられる阿呆さ」という組織観、指導者論は、六十年後の日本にもあるのではないだろうか。責任の追及を「阿呆」で済ませ「誠実」で救う。そこここで行われている方法が、あの「敗戦」「亡国」という大事に際しても口にされている不思議さ——これはまた繰り返されるのかもしれないと思う。

六

わたしが山形へ行ってみたい、鶴岡地方を見たいと思っているとき、ある旅行社の企画を見つけた。『夜の靴』に出てくる地名がその案内にはいくつもあった。風景を確かめたいだけ、人々の風貌に触れてみたいだけだった。ここは持論の「犬も歩けば」で決心するしかない。仙台空港からバスで東北道を行き、鳴子を通って銀山温泉に一泊、舟で最上川を下って酒田へ、そこから鶴岡へ出て湯田川温泉で一泊。ここの「湯どの庵」という宿は、案内に横光利一や斎藤茂吉、竹久夢二が逗留したとうたっている。翌日は羽黒山三山神社へ参り、国宝の五重塔を見る。そして一路仙台に戻り伊丹へ――というものであった。

前日は吹雪で仙台空港は閉鎖状態だったというのに、当日は快晴で一面の銀世界だった。高校教師をしていたとき何度も修学旅行のコースで通っている東北道だが、ほとんどが老人のツアーの一員として眺めるのは新鮮であった。奥羽山脈の山並みも深い雪におおわれて、さながら墨絵のような世界だ。松尾芭蕉の足跡をガイド嬢は繰り返す。「蚤虱《のみしらみ》馬の尿《しと》する枕もと」で有名な尿前《しとまえ》の関を通る。芭蕉の旅の難渋と執念が偲ばれる峠で真っ白な鳥海山が遠く望まれる。と、もうそこは山形県である。

横光が村の地形を記しているが、それを目の当たりできた。

「この村は平野をへだてた東羽黒と対立し、伽藍堂塔三十五堂立ち並んだ西羽黒のむかしの跡だが、当時の殷盛《いんせい》をうかべた地表のさまは、背後の山の姿や、山裾の流れの落ち消えた田の中に、点点と島のように泛《う》き残っている丘陵の高まりで窺われる。浮雲のただよう下、崩れた土から喰み出ている石塊のおもむき蒼樸たる古情、小川の縁の石垣ふかく、光陰のしめり刻んだなめらかさ、今も掘り出される矢の根石など、東羽黒に追い詰められて滅亡した僧兵らの辷《すべ》り下り、走り上った山路も、峠を一つ登れば下は海だ。朴の葉や、柏の葉、杉、栗、楢、の雑木林にとり包まれた、下へ下へと平野の中へ低まっていく山懐の村である。義経が京の白河から平泉へ落ちて行く途中も、多分ここを通って、一夜をここの山堂の中で眠ったことだろう。峠の中に今も弁慶の泉というのもある」

「東羽黒」「西羽黒」は位置が逆ではないかと思うが確認できていない。

念願の「おばこ節」も三度聞くことが出来た。まず最上川を下る船頭が歌った、十分に年を重ねたいい男で、声も渋い。二回目は、酒田の相馬楼で若い三人の舞妓に舞わせて老妓が太棹三味線で歌った。練り上げられた声であった。最後にバスガイドが別れ際にとっておいたように歌ってくれたが、声が若く先の二人には遠く及ばない。しかしそれぞれの味わいというべきだろう。

わたしの耳に聞かれたのは「おばこきたがやと　たんぼのはんずれまで　でてみたば　おばこきもせで　ようのない　たんばこうりばかりが　ふれでくる　コバアエテエ　コバエテ」。三様に「ホバエテエ」とも「オバエテエ」とも聞こえた。

横光が聞いた清江のおばこ節は先にも書いたが、次のようである。

「夜半のしんとした冷気にふさわしい、透明な、品のある歌声だった。調子にも狂いが少しもなかった。静かだが底張りのある、おばこ節であった。それも初めは、良人を慰めるつもりだったのも、いつか、若い日の自分の姿を思い描く哀調を、つと立たしめた、臆する色のない、澄み冴えた歌声に変った。私は聞いていて、自分と参右衛門と落伍しているのに代って、清江がひとりきりりと立ち、自分らの時代を見事に背負った舞い姿で、押しよせる若さの群れにうち対《むか》ってくれているように思われた」

清江のおばこ節も絶唱だが、この一節の横光の感慨こそ、この一編の小説を「きりりと」立ちあがらせている。わが身になぞらえる参右衛門は作者と同年、その落魄を「鴨緑江節」の外れた調子で描くのも自虐に似て哀切である。この自画像のためにここまで頑張り踏ん張っていると見えて余韻嫋々だ。

「ここの炉端で一人児として生れ、旅をして、またもとの生れた炉端で前後不覚に謡っている。暴れようと投げようと、人の知ったことではない。どうも藻掻こうと鍋炭のかなしさは取れぬのだ。外では雪が降っている」――「鍋炭」も今では死語である。

さて、ほんの三日のツアーの客に、そこに生きている人がほんとうの姿を現してくれると期待すること自体が厚かましいのであろうが、ただ、やはり歩いただけのことはあった。

銀山温泉で夕食後に「昔話」があるというので、大きな七段飾りのひな壇がおかれたロビーに行くと、肌が湯あがりのように額も頬もピカピカした老人が指定の時間より早く話し始めていた。昔話ではない、雛祭りにちなんだ五節句の解説で、なかなか話術も巧み知識にも狂いがない。「ここは雪が多い、指折りの豪雪地帯です。不自由と思われるかも知れねえが、雪は大切なもんだ。大地を数カ月覆って土を生き返らせる。だで、ここらの山菜はうめえ、都会のハウスではこんな味はでねえ」。話はあちらへ飛びこちらへ飛び、自慢も入りユーモアにも富み、客はくすくす笑っている。

「これが久左衛門だ」とわたしは膝を叩いたのである。相方のいない久左衛門、知的な久左衛門である。彼は、この豪雪の地では家族が身を寄せ合って三世代四世代同居で暮らす、したがって我慢も覚える、助けあいも信じる、人として大切なものを学ぶと言った。わたしの推測通り彼は元高校校長だと終わりに明かした。

三世代同居の功徳も女たちの辛抱と労働があっての賜物だ。その女たち、中でも老女にこそもっとも出会いたいのだったが、ほとんど諦めた最後の昼食の場にまさに「清江」がいたのである。バスが入ったのは櫛引という村である。しもた屋のままで自家栽培の素材で食事を出しているという。その筋では名が知られているらしい。農家の造作をほとんど変えずに座敷を食事処としているようだ。炭火であぶる「弁慶餅」が眼の前で香ばしい匂いを放ち食欲をそそる。お握りに味噌を塗り塩漬けした青菜で包んだ餅は香りほどではなかったが、ほんとうに弁慶がこんなにゆっくり焼いて食したかは別としても、いかにも長い冬を越す人々の食事を思わせる。

その店の女主人が「清江」だった。化粧もしていないし、髪も自然のままをたっぷりと束ねているだけだが、どっしりとした構えである。にこやかに料理の説明をし、床の間のひな飾りのいわれを披露しながらその家の歴史を自ずから述べるという風である。話すほどに静かな雰囲気が増す、なんとも端正なたたずまいを持った人であった。清江はこれほど巧みに喋りはしなかったであろう。こちらはしっかりと自立した人生を送って来た人に違いないが、その落着きと風格、気品はちょっとほかで出会えない。

ひな飾りを際立たせるのは、桃の花や雪洞ではなく、「傘福」と呼ばれるものだ。傘の周りに色鮮やかな絹の端布で細かく作られた形代を無数にぶら下げる。紅花の産地だから贅沢に紅《もみ》が使われ眼がくらむようなにぎやかさであるが、どこかしんとした美しさで、雪の下に長く閉じ込められた人々のエネルギーの放射がある。清江に似たおかみさんの美しさとそれはつりあっている。

食事をして戸外に出ると、さっきまで降っていた雪混じりの雨は止んで、やはり三月なのだ、畦に雪解けの気配があり、そこから蕗のとうにちがいない黄緑のきらめきが覗いている。

わずかに通過した庄内平野ではあるが、『夜の靴』の味わいは増した。同時になくもがなの思いも膨れた。作家であることを隠して暮らしたのだから、作中に天智天皇の歌など論じる必要はなかったのだ。蕪村もヴァレリーも披歴するに及ばぬ。敗戦直後の僻村という場、限りない繰り返しの農業という労働、そこに生きる人々に眼を据えた日々は千載一遇の好機だった。果たしてこの農民たちの姿を横光利一は戦後の最初のこの作品に彫琢した。そういう意味で『夜の靴』は貴重なものである。それがまったく評価されず、忘れられていることでも比類がない。

「夜汽車が木枯の中を通って行く」という一文で日記は終わっている。作者にとって、この地とこれらの人たちは二度と会うことのない世界だ。夜汽車は木枯しの中を東京へ向けてひた走る。村と読者を置き去りにして、混乱の東京を目指す。この終わり方には打ち捨てる風がある。しかし、力尽きたのは横光利一の方だった。帰京後の早すぎる瞑目はあながち非運というに当たらないのかもしれない。

「常念岳を見よ」——臼井吉見『安曇野』

臼井吉見のエッセイ「幼き日の山やま」は短いものだが忘れがたい。

彼は信濃に生まれ育ち野山を駆け廻って大きくなった。その山や野に名前はなかった。あまりに親しいものなので意識していなかったのだ。生家からいつも見えているその山の存在がくっきりと姿をあらわすできごとがあった。小学校の三年生のとき新しい校長が着任した。

「この校長は、月曜日の朝礼には、校庭の壇上から、毎回、常念を見よ！　と呼びかけた。常念を見ろ！　今朝は特別よく晴れている、あんな美しい山はない、とか、常念を見ろ！　今朝はいたってごきげんがいい、あんな気持のいい山はない、とか、今朝は曇って常念が見えないのは残念だ、とか、常念を見ろ！　あれはことしはじめて降った雪だ、とか」

この校長の呼びかけによって「僕らはこれまでとはまったくちがった思いを山に寄せるようになった。おおげさにいえば、常念岳によって、新しい精神の世界を発見したのである」と書いている。臼井吉見のいわば第二の誕生があったのである。

この文章にとりわけ強い印象をもったのは、臼井吉見への関心からではなかった。髭を蓄えた小柄な校長の姿から溢れる得体のしれない凄みのようなものに対してだった。一つのことをいい続ける人、教育者の原点は、その一つを持っているかいないかであると感じた。長い間教師をしながら、わたしには訴え続ける「常念岳」がなかったという慙愧に似た思いからだった。わたしの故郷には仰ぎ見るような山がなかったという羨望もあった。

あの忘れがたさを確かめるために、『安曇野』を読もう。何をしても汗まみれになるこの夏、避暑に出かけるわけに行かない事情を抱えている。猫のまねをして家の中の涼しい場所を探し、寝ころんで読むには少々重い本にとりかかる。おかげでいい夏になった。

臼井吉見という人はわたしにとってどんな存在だったか。

まず、『現代日本文学全集』（筑摩書房）、どこの図書館にもどの学校にもあるこの全集は、この人抜きに考えられないものだった。若いころは勤務先の学校の図書館でもっぱら利用していたが、昭和も終わったころ京都の古書店で全巻そろっているのを見た。めずらしいことではないが五万円という値段に驚いて足が止まった。「一冊五百円！」、研究室の書棚にまだ余裕のあったときだったので即決。それからはわたしの蔵書というよりも、国文科の学生の相談相手だった。あまり本を読まずに国文を専攻する学生は増えてくる。テーマを探しあぐねている彼らはとりあえずこの全集を繰った。何人の卒論がこの中から生み出されただろう。

そういう彼らが帰った後の研究室で、わたしは加能作次郎に出会った。新田潤の「煙管」を読んだのも、牧野信一の「鬼涙村」とか、上司小剣「髑の皮」とか、この全集がなかったら果たして読んだかどうか。

この全集は臼井吉見のもっとも大きな仕事だと思っていた。どの巻にも彼の神経が行き届いていると見えた。とくに巻末の解説の豪華さには得もいえぬ雰囲気があって若いわたしは深く魅せられた。いまの文庫本の解説の気楽さを思えば、重厚さが欠点だという人もいるかもしれないが、佐多稲子の「くれない」を論じた中野重治の文章などは一晩眠れないほどの衝撃だった。その作品と解説の組み合わせそのものがドラマだった。つまり各巻がそれぞれの作家たちの生きた軌跡をうずくように訴えてくるのだった。

これだけ恩義をうけていたにもかかわらず、臼井吉見の作品について考えたことがなかった。舟を浮かべた水、エンドウ豆を育てた風、そのような存在だった。

一

『蛙のうた――ある編集者の回想』(一九七二・筑摩叢書)は書棚の奥にある大切な一冊だ。その巻頭は簡単明瞭に「八月十五日」と題されている。この日を臼井は「東部軍決二二四五部隊第二大隊第六中隊第二小隊」の隊長として迎えた。「決部隊」とは聞きなれないものだが、彼の説明によれば次のようである。「決部隊」はサイパンの玉砕発表と同時に下令された、つまり、大本営が本土防衛を決意して編成したのだ。もっぱらアメリカ軍の東京占領を想定しこれを防衛する。九十九里浜への敵軍上陸を迎え撃つという任務だが、召集もれの兵隊による陣地の工事がさっぱりはかどらないので「決部隊」が応援に駆り出された。臼井小隊はそこで伐木、陣地のための用材を切り出す命令を受けた。千葉県八日市場。

「先祖の残した見事な森や林を公定価格で片っぱしから伐り出すのだから、意気さかんな青年士官を隊長にしては、民衆の反感を招くやもはかりがたい。軍事能力は話にならず、杉と檜の区別もあやしいが、年だけはとっているらしいから、臼井少尉がよかろうということになったもののようである」

丘の上の寺に本拠を置いた「臼井伐木隊」の日常を描くところは、そこここにブラックユーモアがこぼれる。連夜の空襲に兵隊は所定の場所に避難させなければならないが、わが臼井隊長は兵隊をそのまま眠らせ隊長一人起きることに決めて兵力を保存させた。その代わりに隊長は昼間寝ころび隊長室でゆっくり新聞を読む。すると戦争の行方も見えてくるのだった。大本営発表のトップ記事はたいがいあやしく、真実の重大記事ほど小さく出ていることにも気付く。空襲の夜、大空を渡る敵機B29の大軍を眺め、本堂に響き渡る兵隊のいびきを聞きながら日本の敗北を確信している彼は感慨に陥るのだ――「日本が、この野蛮と愚劣にまで自身を追いつめたいくじなさを思わないわけにはいかなかった」。「アメリカ戦車を迎えて、いま、いびき最中の六十幾人の部下に、どんな命令を下したものか」と、臼井隊長も三十八歳の老兵である。

この「八月十五日」という回想記は次のように結ばれている。

わが伐木隊は、敗戦の「玉音放送」を法華寺に近い、農家の庭さきで聞いた。よく聞きとれなかったが、肝腎なことだけはわかった。放送がすんで、僕は日本が敗けたこと、日本が敗けることは、世界中で、おそらく一年前あたりから知っていたにちがいないことを語った。つづいてポツダム宣言について、おおまかに話した。

すると、「隊長殿!」と呼びかけた兵があった。いつか、連合艦隊の所在について質問した、あの若い兵であった。目にいっぱい涙をためていた。

「その基本的人権の尊重というのは、犬や猫よりは、いくらかましな取扱いをするということでありますか?」

「伐木隊長」のこの絶望的な愚かな日々は繰り返し書かれている。『15年目のエンマ帖』(一九六一、中央公論社)『自分をつくる』(一九七九、ちくまぶっくす9)をはじめ、評論やエッセイに執拗に書いた。書き過ぎると思うこともあった。この繰り返しには意味があるのかもしれない。

臼井は東大の国文を卒業後、一度は長野で教職に就くが、人々が続々と東京を逃れて長野あたりへ疎開してくる時期になって上京する。すでに妻子のある身でありながらの転進である。友人古田晁からの強い要請に応えて始めたばかりの筑摩書房を手伝う。それでは食べて行けないから東京女子大学の教壇に立つ。戦況はいよいよ厳しい。案の定、半年後には二度目の赤紙を受け取る、なにしろ甲種合格なのだから。

彼の属した中隊はすでに壊滅的な戦況の南方に送られる。トラック島へ上陸のはずが、サイパン沖に待機中、敵の砲撃で沈められた。生還できたものはいない。なぜ彼が残されて伐木隊に入れられたかについては、一口話があった。大酒飲みの臼井少尉は酔っ払った勢いで、部隊長統率方針にケチを付けた。「積極的任務の遂行」とはなんだ、「こんな日本語があるものか」、「任務の積極的遂行という日本語ならある」と叫んだそうである。「爾後もっぱら部隊長の訓話や式辞の起草」を命じられた。部隊長が出撃しない限り彼も内地に留まることになったのである。「日本語と酒」(『戦後という時代　わが安曇野』一九八五、筑摩書房所収)のお陰で生きのびられたというのが彼の自嘲である。だが、一戦も交えることなく海の藻くずと化した戦友への贖罪の思いから解放されることはない。これが繰りごとの元にある。わたしに批判できることではない。

臼井吉見の戦争体験記の特徴は、暗黒の日々を堪えるのに、ただただ生き残った先のことを考えていたところにある。この「八月十五日」も、結果的には短かった兵隊生活の回想が表面を覆っているが、いわばそれは饅頭の皮で、餡の部分は戦時下での息詰まるような出版事情である。生まれたばかりの筑摩書房をめぐって、臼井も駆けまわる。空襲だ、疎開だという東京での作家たちとの交流にはここも戦場だったと思わせる。かろうじて防空壕にかけ込んで向かいの社屋が燃え上がるのを見上げる日、用紙にも印刷機にも苦労する日々、出版事業を担った人々の血のにじむような活動の記録である。古田などは列車の中で爆撃に遭い、手にしていた原稿に隣の死者の血が飛び散った。原稿は渋川驍「柴笛」、八月五日のこと。

「八月十五日」とは、そこに向かって破滅して行くものとそこから再生してゆくものとが激しくショートする一点を象徴的に表している。

二

臼井少尉を古田晁と唐木順三が陣中に見舞ったことがある。農家からもらったどぶろくを呑みながらの話は戦争が終結した後の「われわれの計画」だった。筑摩書房の社長・古田、顧問格の臼井と唐木は、まともな本を出してゆくという志で結ばれた同志である。『蛙のうた』の

「八月十五日」には彼らの戦禍のくぐり方が書きとどめられた。やがて、どういう形にしろこの無謀な戦争は終わると確信している。

すでに筑摩書房は三冊の出版をもって門出していた。『中野重治随筆抄』と宇野浩二『文藝三昧』、中村光夫『フロオベルとモウパッサン』である。

戦力に資する出版のほか用紙は出せないという状況の中でも、河盛好蔵や武田泰淳らの支持と配慮もあって、『ポオル・ヴァレリイ全集』の刊行が認められ、『ニイチェ研究』(和辻哲郎)『上世歌学の研究』(中島光風)も出した。中島光風は広島高校の教師だったが原爆で死に、生前唯一の著書になった。

中島はその著のはしがきに「とにかくやれる間にやれるだけの仕事をしておいたら後に悔いは残らないであらう。さういふ気持で仕事をつづけて来た」と書いているそうだ。阿川弘之は彼の教え子である。こういう命をかけた仕事を出版する方も命がけだった。そのつわもの三人のどぶろく酒宴であった。

臼井は確信している、戦時下の国文学者の間を駆け回った結果として、戦後の『犬筑波集・研究と諸本』(福井久蔵)『鬼貫論』(山崎喜好)『西鶴新攷』(野間光辰)へとつながったと。大空襲も彼らの出版事業という一筋を打ち砕くことはなかった。これが餡の半分。

餡のもう半分は臼井自身の文学について——古田に薦められてかねてから用意していたもの

が芭蕉研究であった。応召となったとき、一枚の原稿用紙に「蕉風の世界」というタイトルだけ、五百枚の原稿用紙は白紙のまま、これが彼の軍隊生活の支えになっていた。すでに軍服を着ていた臼井に講演依頼が来た。軍律を無視してそれを引き受けたのはいまだ書かれていない「蕉風の世界」への執念からだ。「芭蕉講演」と題する話を飯田線沿いの小村の教師たちに向かってしたのは昭和二十年二月のこと。降りしきる雪を窓に見て空襲警報が鳴る中で二時間を越えても終わらない大講演だった。と、自分で書いている。

兵隊たち自身がいちばんその無意味さを実感している匍匐訓練、穂高神社の寒夜に一匹の「爬虫類」となった兵隊たち、これが「大東亜共栄圏」の建設だと叫ぶ指導者、その自分たちの愚かで惨めなありさまを「芭蕉講演」の結びとして語った。白紙の芭蕉論への積りに積もった思いがそこに込められた。何人の聴衆がそれを察したかは分からない。

この出来事は戦後の桑原武夫の「第二芸術論」に対する反論の根拠となっている。桑原は芭蕉の美文と詠嘆に「ここに人生などありはしない」と批判する。臼井の反駁はこうである、「ここに人生などあるものか。芭蕉の人生の表現がある。なるほど、美文にちがいない。だが、それは、こういう形で表現された芭蕉の人生にほかならない」。臼井は自分の人生もここにこめていたのだが、反論というには情緒的過ぎる。

昭和二十年三月の東京大空襲の地獄の中には永井荷風がいた、「踊子」を書いていた。上林暁がいた、病妻を抱えて東京を離れなかった。太宰治が防空壕の中で『お伽草子』を書きためていた。敗戦後にただちにこれらの原稿が出版できたのは、戦火の中を逃げまどいながら、作家であることをやめなかった人々がいたことの証拠だった。その証言者になることが臼井の「八月十五日」である。

餡の中味はこのようなものだった。戦争という暴力装置の中ではまるで無力な人間だが、ささやかではあっても知的な抵抗もあったとの証明にある。伐木隊での日常が「饅頭の皮」であるのは当然ともいえる。臼井隊長はひたすら待っている、この暴挙がどんな形であれ必ず終わるのを。

三

さて『安曇野』五部作は五千枚を越える大著だが、積み上げると長い旅に出かける前の気分になる。明治時代から敗戦後へと、近代日本の百年を描く長編だ。その第五部は敗戦の詔勅を聞くところから始まる――この小説はわたしを待っていてくれたのかもしれない。

第五部の冒頭、「ウン、これでよし！」と唸って、「よかった！　よかった！　よくやった。勝ったら大変だ。敗けてほんとうによかったよ」と若々しい声を上げるのは往年のアナーキスト石川三四郎である。山梨県の山深い寒村に疎開中だった。

こんな爽やかな「八月十五日」は他で読んだことがない。ちなみに石川三四郎より一歳年上の柳田国男のその日の日記は短い、「十二時大詔出づ、感激不止。午後感冒、八度二分」。この感激の正体を伺うすべがないが、二人の古希翁の感慨には大変な違いがある。

さて、石川三四郎が待っているのは東京から訪ねてくる大宅壮一、二回り年下の子《ね》年同士、その彼が作った野菜と情報である。土産の風呂敷も大きいが、議論の風呂敷はさらに壮大である。年の差を越えて二人とも生き生きしている。清々しく枯れた三四郎と焼け跡の畑耕作で日焼けして農夫のように逞しい大宅壮一が向かい合う姿は一幅の絵である。大声で交わされるのはまず「天皇の戦争責任」論。

若い大宅は、皇室をめぐる「陰々滅々の妖気」に強い拒否感を述べるが、翁は違う。このアナーキストは「今上天皇は近代日本の犠牲者であり、身をもって日本の滅亡をくいとめた」という。「万民があらゆる旧習と因縁を断絶して、一切事を自治するにあり、自治せんがために協同するにあり」といい、「天皇を中心に和合するとき何の政権ぞや、何の政府ぞや」。驚くべき天皇制アナーキズムである、あるいはアナーキーな天皇制。

この議論——天皇の戦争責任と天皇制の問題の熱い議論が第五部を一貫して流れる。近代日本という大河は「八月十五日」の廃墟で終わりを迎えた、末期のはずだった。しかしそうはならなかった。

『安曇野』第五部は不思議な構成を持つ。「その一六」でこの長編のもっとも重要な主人公である（とわたしが思う）相馬黒光の死（一九五五年）が描かれるが、これを最後として登場人物のほとんどがいなくなった後、「その一七」から突然作者の「僕」が現れて最終「その二五」に至る。そして書かれていることが大方『蛙のうた』に重なる。小説の結構を端《はな》から無視してかかろうとしている。敗北で終わった国の戦後がどういうものか、何を終わらせて何を始めたかをこの第五部の構成が示している。

評論集『蛙のうた』は「八月十五日」から「隣は何をする人ぞ」「二つの検閲」「『第二芸術論』前後」「誤訳・悪訳・珍訳」「作家と作品」「『展望』休刊前後」と続くが、これらの出来事を『安曇野』の最後はほとんど網羅する。同じ著者によってすでに語られていることをもう一度読むのに、わたしはしばらく、いや、ずいぶん長くこだわっていた。そして「これは小説である」という繰り返しは何だろうかと考える。

犠牲は大きかったが、ともかくも解放されたのだ、自由に語ることができるのだ。古い小説の枠を飛び越えていったのは、この精神の躍動ではなかったか。また、この執筆が彼自身の大病によってしばしば途絶えたことも、形式を無視する力になっているだろう。残った時間は短い。第五部後半の語り手「僕」が逢わねばならない大勢の人たちに出会うための時間。「ゆくりなく」思い出し、存分に語る自在を駆使するための仕掛けとしての「小説」、その収穫として無数の出会いが生まれた。著者は繰り返しを恐れないことをかの「常念校長」から学んでいる。

『蛙のうた』の最後で次のようにいう。

戦歿者慰霊祭などは、革新勢力が提唱して、国民の名において戦後早い時期にやるべきだった。三百万という犠牲者のおかげで、絶対主義と軍国主義日本が、近代国家に生れ変ることができた。戦争が国民の知らないうちにはじめられ、知らないうちに終ってしまうなんてことはありえなくなった。そういう点、それだけが戦歿者の霊を慰めることのできるゆえんであることをはっきりさせて慰霊祭をやるべきであった。が、それどころか、戦歿者や遺族に肩身のせまい思いをさせるような雰囲気をかもし出し、ついに反動勢力が、靖国神社の境内で、天皇の参拝つきでやってのけるというふうに、なにもかもさらわれてしまった。適時適切なくさび打ちを忘れて、戦争の犠牲でかちとったものを、なしくずしにしたのは、革新勢力の責任ではないだろうか？

「かえりみて、悔いばかりである」という思いが『安曇野』五部の後半で爆発したのだ。そのエネルギーがわたしの小さなこだわりを吹き飛ばす。この爆発は破壊ではない、自由自在、精神の闊達な遊びである、そして雑誌「展望」の生誕を心ゆくまで書いた。

まず、柳田国男に会いに行く——色つやのいい頬、生き生きと動く瞳、滾々と湧き出る談笑を前に臼井は蘇生するのだった。戦争に負けた今、青少年に国語教育をどう進めるかが最大の問題だという点で二人は大いに共感する。それを随想風に書いてもらう、新しい雑誌の柱が立った。何よりも先に柳田を訪ねたことは、『信州随筆』（一九三一、山村書院）と無関係ではないだろう。これは柳田が唯一地方出版から出した著書である。柳田家は旧飯田藩士の家であり、彼は十一代目の当主として養子に入り信州人となったのである。

次に会いたい人は中野重治である。彼が書いた戦後の第一声は「冬に入る」であった。季節柄の題であって「勝利者の誇りや奢りなどは毛すじほどもない。おだやかであたりまえで、むしろ口ごもりがち」であるのに、いまさらながら敬意を払わずにはいられない。現在のわれわれが享受している自由は「日本国民が喘ぎ喘ぎ待っていた」ものだという述懐が臼井の身に沁みる。また、戦時下で『斎藤茂吉』を書きあげたのは編集者・臼井の促しであり、特別の畏敬をもちつづける間柄だったが、その中野が老国民兵として敗戦を信濃で迎えたことも奇しき縁であった。

宮本百合子を怒らせるできごと——時代の寵児となったこの左翼作家が「展望」に「十二年

の手紙」を寄せるが臼井はこれを断る。「新しい雑誌を出そうと意気込んでいる僕としては、戦争中の手紙などはあとでもいい」。怒りにぎらぎらと光る眼で新人編集者をにらみつける百合子はわたしが初めて出会った百合子だ。

高村光太郎を花巻に訪ねる、「この人が、ここにこうして住むことはまちがいだ。こんなきびしいストイシズムは、どんな芸術だろうと、制作の源泉を涸らさずにはおくまいと思われた。のめりこむように、戦争に突入して行った詩人が、おそらく突如として、敗戦を迎えた感懐が、尋常のものであろうはずのないことはわかっている。それにしても、この山小屋ぐらしは、いたましすぎる」

『安曇野』第二部で、フランス帰りの光太郎はさっそうと新宿の中村屋に現れたのだった。そこで新しい美術の進むべき方向について荻原碌山と熱く語り合う。その人が老いて、碌山を愛するあまりとはいえ相馬黒光を悪女呼ばわりするのを臼井は感慨深く聞く。このできごとは『安曇野』執筆の大きな動機になったと思う。この「悪女」描く意味を探り当て、彼女を通して近代史の豊かな物語が生まれると確信したのではないか。

四

第一部のあとがきを一九六五年に書いてから十年の歳月が流れて大団円に至るのだが、鉄人レースを終えたような最後の「敬白」にはとりわけの心入れが見える。そこに「歌の別れ」——敗戦と同時に短歌への愛着を断ち切ろうと決意したわけが述べられる。

「短歌の表現によれば、敗戦の八月十五日と開戦の十二月八日と、この歴史的な二つの日が、ほとんど区別がつかないことを知って愕然としたのがきっかけであった。「おほみことのりに涙し流る」「畏みききて涙ぬぐはず」「玉のみ声を聞きまつるかも」「畏さきはまりただ涙のむ」「うつつのみ声ききたてまつる」「感極りて泣くべく思ほゆ」といったあんばいで、第三句まては、ラジオの前に何とかかんとか、いくらかちがいはあるが、天皇の詔勅にすがった発想であることに変りはない」

「十二月八日にしろ、八月十五日にしろ、あの日の衝撃は、「おほみことのりに涙し流る」とかで言いおおせる態のものではなかった。それは「感動」なんかではなかった。われわれには、寝耳に水の開戦であり、出しぬけの降服だった。開戦の場合にしたところで、狼狽、不安、疑惑、恐怖、焦燥、悔恨、絶望、憤怒が、いりまじり、からみあい、たまげて息をこらすほかなかった。あの場合、驚きも、おそれも、ためらいもなく、「み声」に感泣するほかの感情を覚えなかったというなら、歌人とは、奇怪至極の存在といわざるをえない」

そして、俳人にはこういうことは起きなかったと書く。あの空襲下での雪の日の「芭蕉講演」に対するピリオドであろうか。

『安曇野』以前に、この短歌批判は繰り返されている。たとえば随想集『どんぐりのへた』（一九五七）所収の「歌集「巣鴨」」は厳しい。これは文字通り巣鴨刑務所の戦犯・二十八人の歌をおさめたものだ。

「野蛮な戦争の犠牲になった怒りとのろい、いやすにすべなき、のたうちまわるほどの憎悪を歌っているものいないのはどうしてであろうか。戦争をのろい、戦争指導者をのろい、旧日本をのろい、それらの天地を貫くほどのはげしい憎悪がどうしてここには見られないのであろうか。もしくは、自分の罪におびえて、のたうちまわるほどの苦悩がどうしてここには歌われていないのであろうか。これは短歌というものの根本の性格によるのか、それとも、われわれの民族性そのものに由来するのか」

『安曇野』の著者が最後の「作者敬白」に、あらためて短歌を批判する。これまで、わたしは結局「歌」の力を考えてきたと思う。与謝野晶子について「歌は歌に候」と書き始めてから、彼女の後に続く人たちの歌が敗戦という荒廃とどう向き合ってきたのかを知りたかった。それが日本的な抒情で否定せねばならぬというなら、どのような変革の方向があったのかを探りたかった。

臼井吉見は歌と別れることなどできない人でもあったと、読み終えて思う。中野重治と似ている。

「これを書きつつ思いつづけたことは、この小説は、どうぞ、かのおごそかなる芸術の仲間に入れてほしくないということであった」。「なお、ほんとうをいえば、「安曇野」は、えらばれた読者でなくて、広く一般の人たちに読んでもらいたいのだが、むなしい祈りであろうか」。「大河小説」といわれるものの「おごそかな」姿を打ち砕こうとすることは自由を得ることでもあった。こうして、実に多くの人物たちの邂逅と対話を展開させた。「逢いがたくしてついに逢うことを得たり」という親鸞のことばを実現できたのである。

近代女性史の先駆けである相馬良（黒光）という悍馬を思う存分活躍させた。その悍馬を乗りこなし、生涯悍馬たらしめた夫・愛蔵を慈しんだ。社会主義者として評価も定まらない木下尚江を多面的に活躍させた。「社会主義は大道、功名心強く、卑怯で臆病な僕は気がひける」という尚江だが、そこへ議論を戦わせに来るのは田中正造だ。サロン新宿中村屋に集う若い芸術家群像が描かれた。碌山荻原守衛、中村彝《つね》、中原悌二郎たちの対話や議論に、風巻久美子というアメリカ帰りの女性誌編集者を配置する。その娘ユリとともに彼女は数少ないフィクションの人物であるが、名前の通り爽やかな風となって、小説の中を吹き通る。信州の研成義塾の井口喜源治の教育者としての卓越を愛惜をこめて語った。その精神をもっとも体現した人物として清沢洌《きよし》も鮮烈に登場する。世界を見てきた自由主義者清沢は「この戦争は敗ける」と早くから見抜いていた人だ。彼の『暗黒日記』（岩波文庫）には戦時下の現実が詳細に記録されているが、敗戦直前に急死する。

インド独立運動の志士・ビハリ・ボースやロシアの盲目の詩人・エロシェンコ、バンディエット夫人（ネルーの妹）など国境を越えた人々の行き来も、まさに百花斉放の賑わいである。そしてみんな逝ってしまった。

しかし、それが大団円ではない。近代日本の百年がこの小説の真の主人公なのであって、戦後という猥雑の時代こそがその終焉である――第五部の構成をこのように納得した。

「蛙のうた」はその挽歌であるらしい。『安曇野』のほとんど最後のところで、「僕」の五十年目の同窓会が延々と描かれる、まるで名残を惜しむかのように、すでに故人となった友人たち、特に夭折の人たちの青春の姿に哀惜をこめる。『安曇野』の第一読者であった生涯の友・古田晁までももういない。尽きない回想に身をゆだねて大屋根の下で眠りに入る「僕」の枕もとに、故郷の田んぼで鳴く蛙の声が聞こえる。「蛙のうた」とは郷土への愛着そのものであった。芭蕉における池の蛙ではない、天地に満ちわたるその声に作者が託したのは書き尽くせない思いであって、終われない物語なのである。

四

『15年目のエンマ帖』にはアルバムを繰るようななつかしさがある。臼井がわずかな期間、東京女子大で教えた人たちの十五年後を訪ねたルポルタージュである。

「コリヤン・レパブリック」東京支社長朴義淑、ある読書会と猿田日奈子、画家岡本太郎「秘書」平野敏子、古本屋の女主人榊原妙子、青年座の俳優高橋真子、平凡社の藤原萋子、岩波書店の城塚栄子と内藤佼子、筑摩書房の栃折久美子、美術出版社の河野葉子、「おさなご園」の鈴木小枝子、百貨店の新進課長石原一子、中央文化建設社長名古則子、小説家阿川弘之夫人みよ、文化財保護委員会の小松丸、文部技官猪川和子、プラハに留学中の村井志摩子、祖国アメリカへ帰ったアルウヰン・雪子、「徒然草」原形本の発見者小山敦子、歴史小説の作家永井路子、興医会専務田川百合子、詩人草野天平夫人梅乃、NHKプロデューサー小林洋子ほか。

なんという豪華な顔ぶれであろうか。楽しい仕事だったとあとがきにいうが、あんなに短かった教師生活でのこんなに豊かな実り、教職において数十倍の年月を費やしたわたしには羨望止みがたいものがある。戦時下の女学生、敗戦後を無我夢中で生きた人たちだ。師弟というよりも戦友という感じが溢れている。『安曇野』の風巻久美子とユリ母娘の造形には、この教え子たちが貢献しているにちがいない。

そして挿入された写真の面々を見ると、なつかしいそのファッションと髪型。これが出版された一九六〇年代の初めにわたしも大学を卒業したのだった。こんな服を着て職場に入ったのだった。そこには生き残るのさえ容易でなかった中で学び、卒業すれば既婚独身を問わず、働かなければならなかった先輩として眩しいほどの女たちがいた。栃折久美子の章はとりわけ魅力的だが、いまは措く。

この本の豊かさの一つは、朴義淑やアルウヰン・雪子が加わっていることだ。同窓生の楽しさを多彩にしている。彼女たちの鼓動がみなぎっている。そしてわたしは気づいた、小さなこの本と『安曇野』の構造が同じであることに。こちらは東京女子大という教室での遭遇であって、意図したのではない運命の出会い。あちらは安曇野という大地が教室なのだ。そこに生まれ集い、語り、愛し、別れていった人たち、たくましく懸命に生きた人たち、大地が育んだ勇気と努力、どちらの人物たちも、それぞれの「常念岳」を心に持っている。敗戦後の厳しい生活を生きる中で自分の「常念岳」を仰ぎ見ている。

臼井吉見は、わたしにとっては偉大な編集者であったが、編集者というのは実は教育者なのだ。作家たちに自身の才能を発見させ表現させる、そのチャンスと場を与える。結果を評価し、励ましもする、そして大きな収穫を社会へ届ける。廃墟の中の編集者はその教師的な本質によって、作家たちの個性を発見し、書かせ、広く公開（出版）したのである。けれども、同じ筑摩書房で編集者でもあった和田芳恵が教師的といえるか、むずかしい。『わたしの戦後出版史』（二〇〇八、トランスビュー）の松本昌次がいえるか、やはり単純にはいえない。けれども臼井に限っては教育者的力量と編集者の才能が見事に補完し合っている。

彼は教室を、世界を眺めるようにひろびろと受け入れる。また、世界を教室のようにいとおしむ。そういう教師だったから、生徒であった人たちがこんなに生き生きと語り、素顔を見せる。戦争体験さえもがまるで貴重な出来事であったかのように、その後の不遇もすべて糧にしてゆく。そういう編集者だったから可能だった出版の数々。

この『エンマ帖』の幸福感、教師体験を持つ者にたしかに覚えのある快感をわたしは反芻していたらしい。『安曇野』を読み通したのはそのせいだった。

そしてあらためて思うことは、臼井吉見には屈折がないということである。これだけ深く戦後文学にかかわっていながら、その時代の文学が発する特有の臭いがない。同級生との交歓にも、作家たちとのそれにも、不運や悔恨が語られながら暗さがない。この幸福感は稀有のことではないだろうか。

五

安曇野へ行こう、常念岳を見なければならない。

永遠に続くのではないかと思われた夏にも終わりがきたころ、わたしは思い立ち宿を予約しようとした。「お一人様は予約しないことにしています、小さな宿ですので」という。ツアーに入る気はしない。思案投げ首のところへ「涼しくなったし、どっかいかへん」という電話があった。なんというタイミング、高校の同級生・Yさんだ。

二人ともに晴れ女らしい。大糸線穂高駅でタクシーに乗り、「臼井吉見記念館へ行ってください」というと、「や、文学少女だね」といわれた。堀金地区にある記念館への道はまっすぐだった。

「あれが常念岳ですか」

「ああ、そうだ、今日は見えんね」

行く手正面にアルプスの山並みが広がり、一段と大きく聳えている山は頂きが雲に覆われている。記念館はこぢんまりとした新しい建てものだった。生家が保存されているのではなかった。庭に欅の木が何本も大きく枝を広げている。ああ、やっぱり、欅だ。

臼井が復員して実家へ戻ったとき「僕の目を驚かせたのは、森にかこまれたみたいだった家が、まるで羽をむしられた鶏のように、秋空の下に、むき出しに近い形で、屋根屋根をさらしていることだった。屋敷の門口の左右に聳えているはずの二本の欅が、姿を消している」——まさか伐木隊が入り込んだわけでもあるまい。

村一番の欅は「僕」の幼年時代の四季をどんなにゆたかに色どったか。少年はこの梢から星を眺めた、鳥の声に目を覚ました。木は葉を散らし、雪を迎え、頬白が来て春を告げる、尽きることのない回想は甘く切ない。その木が切られている。

「僕は腹立ちを抑えて長大息するほかなかった。なぜなら、改めて考えてみるまでもなく、僕が九十九里地域でふるまってきたのは、これに何千倍、何万倍もの輪をかけた暴挙であった。三角森一つをとってみても、老主人に、あのいたましい思いをさせたのは、ほかならぬ自分ではなかったかと思うと、いまさらのように胸苦しさを覚えないわけにはいかなかった」

しかもその思い出の木々は闇で横流しされて、関係者が数珠つなぎに警察に捕まったという。なんとも皮肉な臼井の帰郷だった。その無念が、いま欅の梢にわたる秋風に揺られて大空に散っているように見える。その向こうには常念岳を覆う白い雲と青い空。欅の根元にはコスモスがそよぎ、水引草がひっそりと咲き、秋明菊が清潔に白く輝いている。

わたしたちは時間をかけてゆっくりと臼井吉見を偲ぶ展示を見た。古田晁追悼の寄せ書き扁額があった。

ここに生れ
ここに育ち
ここの山河を愛して
ここに眠る

『安曇野』五部作でも足りなかった臼井の「ここ」への思いは、ここへ来なければ感じとれなかった。この地に立ち、この風を受けて、この山々を故郷とする人の誇らしさを知った。なんという幸福な風景だろうか。

「あれが穂高神社ですか」と聞くと、タクシーの運転手は「そうだ、昔はもっと広かった、松本連隊の建物もいくつか残っているが」といった。臼井上等兵が厳寒の匍匐訓練に苦しんだ杜である。檜の大きな木立が眼のはしを横切る。

碌山美術館には『安曇野』の登場人物たちが勢ぞろいしている。執筆のきっかけとなった「文覚」の逞しい筋肉の彫像、隣には悶えてうち伏す女の像「デスペア」、そして荻原碌山の最高傑作といわれる遺作「女」。モデルは黒光だとされている。赤レンガの教会風に建てられた展示室の中で、わたしはほとんどよろめいていた。小説の怨霊たちが静かに幽かに渦巻いていたからである。外に出ると、そこからも雲隠れの常念岳が見えた。

「焼きりんご　カフェは安曇野　赤とんぼ」

Yさんの呟きが俳句になっている。わたしたちは広々とした岩崎ちひろ美術館の庭でおいしいお茶を喫した。緩やかな芝生の斜面に浅い流れがさざ波をきらめかせている。そこはもう夕映えの気配だ。振り返るとアルプスは紺青色に翳りはじめている。安曇野は水清く山青き地、『安曇野』とはいい題である。

わたしがここまで考えてきた高村光太郎、三好達治、横光利一は、この臼井吉見に比べると、敗戦によって激しく打ち砕かれた一面をもっていた。その「亡国の詩人たち」が再び立ち上がる姿には鬼気迫るものがあった。臼井にはそれがない。この夕風を受けているとその健全さがはっきりわかる。それは「常念岳」によって精神の開眼をした人の安定感といえるかもしれない。教師的といったのはこの健全さと安定感である。

『安曇野』という長い旅の最後に、作者はいう。

「何かといえば、戦陣訓をもち出すが、いったい、あれがどれだけ軍隊のなかに生きていたかを疑わざるをえない。軍隊生活は、戦陣訓などとはまるきり無縁だったと僕は考える。はっきりいえば、戦陣訓など問題にしていなかった。将校や下士官で、断片的だろうと、戦陣訓の教育や講話などしていた場面を見たこともなければ聞いたこともない。そんなことを要求された覚えもまったくない。僕など読んだこともないが、それが例外だったとは思わない。在郷軍人の関係した青年学校あたりの教練では、利用されたむきもあったらしいが、生キテ虜囚ノ辱シメ云々というようなことは、凡そすべての日本人の意識化に潜んでいた国民常識ではあっても、軍隊だけのものでは決してない。戦陣訓の効果なんぞではない。あれのできる前から、むしろ社会一般に生きていた思想と思えるところに、問題の深さがある」(第五部・その二三)

戦陣訓的な考え方は、それのできる前から国民意識の中に潜んでいた、だから問題なのだと臼井は体験的に語る。わたしは教師生活の中で、教室も学校も軍隊であると感じたことが何度もある、いや、そうではない。軍隊の内実を読んだり学んだりしているうちに、あの恐怖に似たものはこれだったのかと知ったのである。日本の社会の中に見えない形でそれぞれの人たちを縛っているものが実は「軍隊」だったのではないかと感じるようになった。今となっては過ぎた日の自分の鈍感を恥じるばかりで、なすすべもないのだけれども。あまりの長旅を共にしたので彼の口癖がうつってしまった。

「かえりみて、悔いばかりである」

「私の日記は腐ってもいい」——高見順『敗戦日記』

去年（二〇一二）の秋に大学の卒業五十周年という同窓会があった。そこで再会したMさんが、逗子に住んでいるといい、一度ゆっくり話がしたいといってくれた。たちまち、逗子に仕事部屋を持っていた高見順を思い出すことになった。先のことは測れない、敗戦の文学をたどる流れがここに至った。

一

文庫本になった高見順の『敗戦日記』は、日記好きのわたしの大事な一冊である。一九四五年八月の敗戦の日を日記で読むことは多くの人によってなされてきた。ことあらためて残されていることがあるとは思えないまま、「焼け野原の東京」を観察するためのなくてはならないガイドブックだった。いわば敗戦日本の景色を訪ね歩く読書の旅の到着地といってもいいのであろう。

北鎌倉の東慶寺境内は桜の盛りこそ過ぎたが、椿も残っているし、その根元にシャガの花が咲き始めている。石楠花の鮮やかな紅色も先ごろの雨で潤いを帯びて瑞々しい。降るようなうぐいすの声、眼を上げると向かいの山には山桜が今を盛りの彩りである。四月十五日の日曜日に約束が実現した。Mさんと五十年間音信がなかったのが不思議だ。学部が違っていたし、共有するものが寮の部屋が同じというだけだったからであろうか。

「湘南の海を見ながら積もる話を聞いていただけたら」という人は旧姓に戻っていた。卒業後間もないころに心臓に疾患があることを告知されたそうだ。やっとできた就職も諦めねばならなかった。熱心な求婚者に出会い、娘を一人命がけで生んだが、十年前に結婚を解消したという。「積もる話に恨みはないのよ」と電話の声がいった。五十年が一挙に消えてしまいそうな自然な、しかし確かに覚えている声がわたしを懐かしがってくれた。

「ちょうど、高見順の日記を読んでいるの、北鎌倉を歩いてみたい」といったのに嘘はないが前後が逆だったかもしれない。話が尽きないわねといって受話器を置いてから、高見順について書こうとはっきり思い定めたのであった。

昔もゆったりとした話し方だったが、いまの歩調にほどよく馴染む語り口は少しずつ年月の空白を埋めてゆく。わたしたちはまっすぐに高見順の墓に向かっていたのだった。東慶寺のいちばん奥、墓地を増やすために崖を少し削ったようなところにそれは建てられていた。三角形の自然石に彫られた名前は自筆が用いられている。脇の石碑に詩が刻んであって、「空をめざす小さな赤い手の群　祈りと知らない祈りの姿は美しい」と読める。詩集『死の淵より』所収の「庭で（二）」の一節である。この詩は次のようになっている。

一
草の実
小さな祈りが葉のかげで実っている
二
祈り
それは宝石のように小さな函《はこ》にしまえる　小さな心にもしまえる
三
カエデの赤い芽
空をめざす小さな赤い手の群《むれ》　祈りと知らない祈りの姿は美しい

最初の一行「小さな祈りが葉のかげで実っている」がわたしは好きだが、「カエデの赤い芽」の行にしたのは故人の遺志だろうか。佐藤忠良の設計だという。（『詩人高見順―その生と死』上

林猷夫、一九九一、講談社）

お墓参りが終わると大きな用事が片付いた気になった。わたしたちが卒業したのは一九六一年の春、その前後は学生運動の季節で、落ち着いて学んだという気がしない。そのざわめく日々を少しずつ思い出す。社会に出ると、就職だ結婚だ子育てだとがむしゃらな明け暮れ。高見順の死はそういう騒音を伴って記憶されている。矢継ぎ早に詩になっていく壮絶ながんとの闘い、そして劇的な死、その時期にわたしは初めて出産という体験をした。生まれるものがあれば死ぬ者もいるという実感を持ったのを覚えている。日本近代文学館創設の大事業のために演壇に立ち、ユーモアを交えた挨拶をし、竣工式の翌日に死んだというニュースを新生児に振り回されながら聞いた。そういえば、論文作成のためによく利用した文学館は娘と同年である。彼の人生の終幕は何かにつけて華やかに取りざたされた人にふさわしかった。その後テレビで盛んにその娘という人の顔を見た。そういうことも、「俺は浅草のやくざだ」などという生前の諧謔もわたしはなじめなかった。あの暗い北陸の出身のくせにと僻みめいて心に呟かれるのはあの詩だった。

おれは荒磯《ありそ》の生れなのだ
おれが生れた冬の朝

黒い日本海ははげしく荒れてゐたのだ
怒濤に雪が横なぐりに吹きつけてゐたのだ

（「荒磯」）

「死について語る楽しみ」という自嘲的な表題のついた最後の口述文章が「文藝春秋」に発表されたが、未練たっぷりのものだ。これからいい仕事をしたいという野望を最後まで捨てていない。いまのわたしから見れば、五十七歳のなんという若さであろうか。

文中「人生でいちばん強烈な想い出は何か」の自問に「青春時代の左翼運動だ」といっている。それを当時、上田耕一郎『戦後革命論争史』が強烈に批判したらしい。

「参ったね。感慨これを久しゅうしました。なんのことはない、ぼくは大事な青春をあやまりに捧げてしまったのか。そしてふんづかまって拷問を受けたり、転向だとか、つらい思いをして何にもならなかったという。病気で気が弱くなっているのか、この批判にはほんとうにへたばった」。「ぼくが昭和史を書きたいというのも、自分がそうやって一日一日生きてきた時代を書きたいということ。まったく残念やるかたない心境なんで、しかし、まあ仕様がない」

思い当たることがある。「共産党員として死にたかった」また「ぼくにはムッターはいるがファーターはいない、共産党はぼくの父みたいなもの」という高見のことばを紹介しているのは中野重治である。この機微がいまの人たちに分かるだろうか。高見の最晩年、六〇年代をいちばんエネルギッシュに生きたものにとっては左翼運動の刻印は決定的な何ものかであった。政治的組織とは無関係にきたわたしにとってさえそうである。高見にとっての昭和を解く重要なカギは左翼運動である。その証言をする中野は昭和の共産党の中枢におり、彼もまたあの北陸に生まれた人だ。

東慶寺の墓石を湿らせている苔は高見順の昭和の政治運動への「未練」のようだ。その前に屈むと、Mさんもわたしも学生時代を左翼運動に深く影響されて来たことが思われる。でもなぜか学生寮の部屋ではそういう話をまるでしなかった。家族のようなのどかな時間の記憶しかない。いま高見へたどり着いたわたしの道がMさんの越し方とどこが似ていてどこが違うのか分からない。ただ静かな懐かしさに身をゆだねて歩く、うぐいすの声を浴びながら。

高見順のファンではなかったが、愛着の一冊がある——『昭和文学盛衰史』（以下、『盛衰史』と略称する）である。これこそは高見の「昭和史」であり、わたしの貧しい書架のお宝なのだ。こんな花を咲かせたのに、なお末期の床では「未練」をいうのか。この『盛衰史』は伊藤整の『日本文壇史』における明治時代、大正時代の文学史を継承する偉業なのである。

この二人の文学史が「回想」あるいは「回顧」という文体で進められているのも共通している、二人は現場の人なのだ。それが「日本近代文学館」の設立、彼の日本近代史・昭和史の具現へとつながるのである。それであるのに、左翼からの批判にいまさら「参る」のか。およそ左翼的なものがかねての輝きを失った時代にきて、この高見順の嘆きを等閑にできないものがある。

この『盛衰史』（角川文庫）の最終章「右翼的文学論」「徴用作家」は、わたしが従軍作家研究に携わってきた際の支え柱でもあった。そういう恩義を高見順に対して持っている。

二

『高見順日記全集』は八巻だが、その中の昭和二十年を切り取って一冊にした文庫本『敗戦日記』（中公文庫）に限って考えてゆくことにする。高見順の膨大な日記の中の一年ということである。いったい日本の「昭和二十年」とはどういう年だったのか、「並べ読み」（『日記をつづるということ』西川祐子）を試みることにする。多くの日記魔の中から次の三人を選ぶ。

まず、永井荷風。『断腸亭日乗』は恐ろしい代物であるが、高見順と彼は縁戚でもありそのつながりで論じる人が多い。お互い意識していたか否かの問題ではない、二人はともに超重量級の日記を書いた人として並び立つのである。「昭和二十年八月十五日」を考えるために比類のない両者だ。ここにもう一人を加えて風を通す、とすれば山田風太郎である。

彼の『戦中派不戦日記』（講談社文庫）もまた魅力の一冊である。つとにこの三人の「昭和二十年」を並べてみたい誘惑に捉われて来た。そこにはどんな景色が広がるのか、できるとは思えないままに夢見てきた。東京という土地が焼け落ち、壊滅していく姿、そして、その後に繰り広げられる混乱が教えるものは、現代における日本全体を考えるよすがになる。また、三人が荷風六十代、高見三十代、風太郎二十代と、それぞれ「年齢で兵隊にならなかった世代」「戦場に動員徴用された世代」「応召未満の世代」であることも、問題に広がりを持たせてくれるだろう。この三冊は文庫本として手軽に読める。誰にも手に入りやすいテキストで読むのが心地いい。

作品がデザインされ裁断され縫いあげられた服だとすれば、日記は素材である。また、平地を淡々と進む歩行の文体である。今日の日が特別ではないし、明日はまた測り知れない。この歩行は登山や旅行のように到達地がない。歴史書が「昭和二十年八月十五日」にくっきりと線引きするようには区切られない。

まず高見の日記から。

「この日記、八十頁の大型ノートに書いているのだが、これで七冊目。十三日のつづきを七冊目の第一頁に書いている。原稿紙にしたら何枚くらいになるだろう。珍しくマメに書き通した。この日記も、焼けないで助かるのだろうか。助かるとなると、なんだか逆に拍子抜けの感あり。まだしかしわからぬぞ」（八月十三日）とある。

これは四月十九日の記述に相応じている。東京新聞紙上に高村光太郎『戦災記』を読む、四月十三日の空襲で被災し「書物は一冊も出さなかつた。今後私の書く詩から書臭が抜ければもつけの幸である」と東京新聞に書いている。高見は「書臭——何かどきッとした」と反応する。彼も蔵書だけでなく、この日記すべてが空襲で焼けつくされる予感と緊張感の中で書いているのだ。高見の蔵書は半端でない。これらが近代日本文学館の資料の根幹をなした。

八月十四日、いつもの連れ、新田潤と東京へビールを飲みに行く。

巷で「新爆弾」はまだ正体不明の噂である。不吉を感じて「敗戦は原子爆弾の出現のみによっておこされたことではない。ずっと前から敗けていたのだ」（傍点原文）と記す。そこへかねて約束していた新田が白ずくめの服装で現れる。万一爆弾に襲われた時に「白」は被害が僅少だと、これも巷でまことしやかにささやかれているので。悲惨なのにどこか可笑しい。

銀座のエビスビアホールは新田の「顔」でビールが飲める。そこで、明日重大発表があるとささやかれている。「戦争終結の発表！」。「銀座は真暗だった。廃墟だった。汁粉など食わせるところは、どこもない」と十四日が終わる。「汁粉を思いきり食うんだ……」といった友人を偲ぶのだが、その友人がどの戦場でどうなっているのか消息がないのである。

そして十五日の日記は非常に長い。書いても書いても書ききれない熱さといらだたしさ。ラジオが正午重大発表があるというのは前日にも聞いている。「天皇陛下御自ら御放送をなさるという」。妻が「ここで天皇陛下が、朕とともに死んでくれとおっしゃったら、みんな死ぬわね」という。「私もその気持だった」

「十二時、時報。／君ガ代奏楽。／詔書の御朗読。／やはり戦争終結であった。／——遂に敗けたのだ。戦いに破れたのだ。／夏の太陽がカッカと燃えている。眼に痛い光線。烈日の下に敗戦を知らされた。／蟬がしきりと鳴いている。音はそれだけだ。静かだ」（／は改行）

前日に「ずっと前から敗けていたのだ」と書いた人とも思えない感傷に満ちた不思議が翌十六日の記述にも続く。これを歴史の重大な転換と思い、そこに立ち会っているという興奮が止めどない。

次に荷風の日記。

荷風は焼失した東京を後にして岡山の勝山に疎開している谷崎潤一郎を訪ねたのが前日、ここへの疎開を勧められる。

「八月十五日。陰《くも》りて風涼し。宿屋の朝飯、鶏卵、玉葱《たまねぎ》味噌汁、はや小魚つけ焼、茄子《なすこう》香の物《もの》なり。これも今の世にては八百膳《やおぜん》の料理を食するが如き心地なり」。久しく美食を断たれた江戸っ子荷風の「八百膳」というところが辛い。

帰りの汽車の切符の手配は谷崎によってわけもなくされている。松子夫人の手になる弁当を道中新見駅を出て食す。「白米のむすびに昆布佃煮《つくだに》及牛肉を添へたり。欣喜措《お》く能《あた》はず」。岡山に着くのは午後二時である。帰宅してラジオ放送のことを聞く、欄外の墨書に「正午戦争停止」とある。文中には「あたかも好し」とのみ。十六日、谷崎に礼状、奈良に疎開している嶋中雄作（中央公論社社長）に手紙。「月佳なり」。十七日「休戦公表以来門巷寂寞《せきばく》たり」。十八日「食料いよいよ欠乏するが如し」。二十日の最後に「旅に出て聞く鳥や皆閑古鳥《かんこどり》」という自作の句、破れた国の旅人という風格である。

荷風がその住まいの焼失を見届け、全蔵書が灰燼に帰した三月十日以後の日記を読んできて、その悲嘆のほどを思いやった後では、この八月十五日は昨日に続くほんの一日である。むしろ前日来の谷崎訪問の余韻が残響する。高見が打ち砕かれた様に比べればひと揺らぎもない。苦しい流浪の中で鞄一つに抱きかかえてきた日記である、ここに何ほどのことを書こうか、「終わった」とだけで十分といいたいのが欄外の記載である。待っていた時が来たと心中にはやるものがあったにちがいない。高橋英夫の「晩年の交友」（『図書』二〇一二・八）はこのときの荷風の心境に深い読解をほどこしている。

三

山田風太郎の『戦中派不戦日記』に橋本治の「解説」がある。「今から四十年前に書かれた、四十年前の一青年による、四十年前の記録である。（中略）四十年前にこういうことがあった、ということと、四十年前にこういう記録を綴った」青年がいたということを銘記しなければならないと書き始めている。この「四十年」は「六十五年」にも「七十年」にも書き換えて心にとどめたい。

作者の「あとがき」もまた読むたびに感動する。

「出版が決まったとき（昭和四十六年番町書房刊）、私の心に浮かんだのは、無用な記述が多すぎるから相当削除する必要がありはしないかということであった。今から考えて、正気の沙汰ではない思想もあるし、見当ちがいの滑稽な判断もあるし、前後に矛盾撞着もあるし、（中略）

私はその一日ごとに現在の（注）を入れたい衝動を感じた。しかしそれはおそらく無用に無用を重ねることになるであろう。それに現在手を入れては無意味なものとなり、かつ取捨そのものが一種の虚偽となるおそれがある。（中略）

しかし、それよりもなお忸怩《じくじ》たらざるを得ないのは、結局これは（中略）「傍観者」の記録ではなかったかということであった。むろん国民のだれもが自由意思を以て傍観者であることを許されなかった時代に、私がそうであり得たのは、みずから選択《せんたく》したことではなく偶然の運命にちがいないが、それにしても――例えば私の小学校の同級生男子三十四人中十四人が戦死したという事実を想うとき、かかる日記の空しさをいよいよ痛感せずにはいられない。それに「死にどき」の世代のくせに当時傍観者であり得たということは、或る意味で最劣等の若者であると烙印を押されたことでもあったのだ。（中略）

私はいまの自分を「世を忍ぶかりの姿」のように思うことがしばしばある。そして日本人もいまの日本人がほんとうの姿なのか。また三十年ほどたったら、いまの日本人を浮薄で滑稽な別の人種のように思うことにはならないか。いや見ようによっては、私も日本人も、過去、現在、未来、同じものではあるまいか。げんに「傍観者」であった私にしても、現在のぬきがたい地上相への不信感は、天性があるにしても、この昭和二十年のショックで植えつけられたと感ずることが多大である。

人は変らない。そして、おそらく人間のひき起すことも」

長い引用になったが、「昭和四十八年二月」と記されたこの文章は、自分が自覚的にではなく「憂国とは何か」「敗戦国の詩人」を考えてきたのだと気付かせてくれた。それをわたしにできなかった鋭さと簡潔さで語っている。

若い山田風太郎日記の「日記魔」たるところを読んでみよう。昭和二十年に彼は二十二歳である。青年だからこその洞察が随所に独特な光を放つが、今は八月十五日に限っておく。当時医学生として信州に疎開していた彼らは、ソ連参戦でいよいよ日本の逼迫を知る。「国難」に居ても立っても居られない若者たちは「決起」について相談している。

八月十四日の日記は、憂国の若者たちの議論や上田市の街の様子、おばさんや老人の呟きなどを連綿と記して、文庫本で十六頁に及ぶ。

「日本は最後の関頭に立っている。まさに滅失の奈落を一歩の背に、闇黒の嵐のさけぶ断崖の上に追いつめられている」。「国民はどうであるか？　国民はすでに戦いに倦んだ。一日の大半を腐肉に眼をひからす路傍の犬のごとくに送り、不安の眼を大空に投げ、あとは虚無的な薄笑いを浮かべているばかりである」。「政府はどうであるか？　政府はさらに動揺している。開戦当時の大理想を繁文縟礼の中に見失い、国民に明日のことすらも教示し得ない無定見と薄弱なる意志がこれにとって代った。今やソビエトの宣戦を受けながら、それより一週になんなんとする今日、いまだに弱々しく沈黙しているではないか」——大言壮語。

そして青年は過去を顧みこれからの国の行く末を鑑みる、教育政策の失敗で「ドングリの大群のごとき日本人が鋳出された」。日本に新兵器なく、アメリカを敵として、なお破れない道があるか？「ある　…それは日本人の「不撓不屈」の戦う意志、それ一つである」――精神主義。

仲間とともに「何とかできないか」「やろうか」「断じてやろう」「一種の麻薬が必要だ。扇動が必要だ。芝居がかったことも必要だ。町々にビラを貼ろう。辻で演説もしよう」と叫び夜を徹して論じ合い、興奮して眠れない。

この日の終わり――「熱狂して、一夜魔に憑かれたように国家のことを友と語り合ったことがあった。そういう追憶だけが青春の記念として残るに過ぎないのだろうか？／僕は悲しいような、弱々しいような、嘲笑うような微笑をもういちど浮かべて、ついに泥のような眠りに落ちた」

「十五日（水）　炎天／○帝国ツイニ敵ニ屈ス」

この日は一行で終わり、次の日はまた二十頁に及ぶ記録となる。十五日のことを改めて詳しく書き「最後の一兵まで戦え」との「陛下のこのお言葉あれば、まさに全日本人は歓喜の叫びを発しつつ」戦うであろうと。「お可哀そうに……天皇さま、お可哀そうに」と泣くおかみさん。「お可哀そうな天皇」「おいたわしい天皇」というのが敗戦日のあちこちで呟かれた声であること、高見の日記と同じ。

そういう民情とともに、山田青年はラジオが報じるポツダム宣言をすべて記録する。沖縄で割腹した阿南陸相の遺書も写す、「大将よ、御身の魂は千載に生く」と。

しかし、次の場面はどうか。

放心状態の学生群像の中にあって「吾々はどうなるのか?」と自問する。「「まず教練がなくなる」といった奴があって、こんな場合にみな笑った」

若い。苦しいには違いないが若い。ひもじいにちがいないのに若い。風太郎の日記の真髄に「微笑」「微苦笑」があると見たのは橋本治である。東京の廃墟の中で、風太郎の日記は「何でも、運ですなあ」と呟く男、中年女の「ねえ……また、きっといいこともあるよ」(三月十日)という声、その周りに淋しく立ち上る微苦笑を書きとどめる。淋しく笑う庶民たちは戦災を天災に読み換えて堪える。

日記魔・三人の昭和二十年八月十五日はそれぞれの表情をもって、いまのわたしに問いかける――「日本とは何か、日本人とは何か」

四

さて、主人公へ戻る。

『敗戦日記』のどこを切り取っても、新聞をはじめとする諸情報を細かく記録する執念がこもっている。徴用作家としてビルマ派遣軍に配属された時の『ビルマ記』（一九四四）には見られなかった。それはおそらく現代では想像しがたい情報への飢餓感であり、必死の命綱という意味合いをもっていた。この執念が作家高見順を一歩前進もさせたし、終末の「昭和史を書きたい」思いにもつながっていた。いわばここは彼の文学の土壌である。

三月の東京大空襲の後、日記は八月十五日という破局へ向かって序破急の「急」の段階へ入る。大空襲の翌日、焼け跡を歩きまわった挙句、青春の故郷ともいうべき浅草へ向かう。そして罹災者の群れに出くわすのである。

「まるで乞食のような惨澹たる姿に、息をのむ思いだった。男も女も顔はまっさおで、そこへ火傷をしている。そうでなくても煙で鼻のあたりは真黒になっていて、眼が赤くただれている。眉毛の焼けている人もある。水だらけのちゃんちゃんこに背負われた子供の防空頭巾の先がこげている。足袋はだしが多い。なかにははだしの人もいた。ぼろのようなものをさげている。何も持ち出せなかったのであろう。（中略）兄妹連れが一隅にうずくまって、放心したように足もとに眼を落して、じっとしている。両親はどうしたのだろう。腹が減って動けないのだろうか。眼が熱くなった」

彼の浅草六区はきれいさっぱり消えていた。『如何なる星の下に』の舞台が消滅していた。

「愛する浅草。私にとって、あの、不思議な魅力を持っていた浅草。（中略）その浅草は一朝にして消え失せた」。このことの意味は後述する。

四月四日、小林秀雄が来訪。「鎌倉に立てこもるについて、籠城組の鎌倉文士の間に、対策を今から立てておいたらどうだろうという話を持って来た」。この期に及んでなんという妄言であるか、無知蒙昧の輩が徹底抗戦を叫んだのではない、小林秀雄が知識人「文士」仲間に向かって呼びかけているのである。

「庶民とともにあった芸人は、庶民とともに死んだのである。文士は今のところまだ死んでいない。だがそのうち、犠牲者はきっと出てくる。そうして上層の政治家、富豪などは最後まで死なない」

翌日に書かれたこのことばには小林秀雄のアジテーションへの懐疑、批判がこもっている。彼の身辺では貸本屋「鎌倉文庫」の準備が着々と進み、五月一日開店する。鎌倉の家も、そのうちにはやられる。「家において焼いてしまうより、多くの人に読んで貰った方がいいから」(林房雄)の思いで集められた本たちで思いがけなく活況を呈する。そこに集まる鎌倉文士、川端康成や久米正雄、中山義秀といった人たちの動向がさながら文学の裏面史である。旗を振る人、黙々と働く人、金を出す人、出せない人、出さない人。

ある日、貸本屋の店先でおかみさん風の女が「東京から焼け出されて来たものだが、雑誌を売ってくれ」という。なるべく厚い雑誌がほしいと、「チリ紙がなくて困っているんです」。どこか悲惨な喜劇めいている絶望感。鎌倉はまだ空襲を免れていることでむしろ気だるさが生じている気配である。

六月に入ると、さらに悲喜劇の連続だ。

ある日は、国民服を着てゲートルを巻き、義勇隊の勤労出動である。非力の筆者には丸太運びしかできない。それもふらふらの態である。草むらに倒れてトカゲと戯れる。「私は哀しいのであった。哀しいので、そんなバカなことをしていた」。帰りに連れの人が「おしまいですなあ」という。

二十五日、ラジオの大本営発表で沖縄の玉砕を知る。

二十六日、運輸省からの話といって、ある芸人に慰問団に誘われる。「私は底なしの泥沼にずるずるとはまりこんで行く自分をそこに感じた。誰のせいでもない。自分の軽率と弱気が、自分をずるずると陥れて行く……」。切符の割当てと「顔」で手にする酒に酔い、二日酔いでまたまた自己嫌悪の泥沼。「どうして帰ったか、いや帰れたか、我ながらわからぬ」

七月、連日のように空襲。ある新聞社の斡旋による横須賀で酒宴。「ご馳走が出た。酒が沢山出た。そうして、芸者も出た。(中略)酔った。帰りに、中山(義秀)君が銚子を一本さげて来た。(略)私は新田に飲ませよう、ありがとうと言った。/空襲警報で起された。近くに爆弾の落ちた音がして、家がゆれた。横穴(防空壕)へ退避した」(十二日)。こんな中で富籤「勝札」は売り出される。一等十万円という（十六日）。朝から晩まで空襲警報。真杉静枝が中野重治の応召を伝える、「どきッとした」（二十二日）。中野への懲罰的な召集は多くの人の心胆を凍えさせた。

二十四日、「文報（文学報国会・引用者注）へやはり入ろうかという気になった。（中略）今の状態では、汽車ひとつ乗るのにも困るのではないかという「狡い」考えからだ」。

「民あっての国」ということを繰り返し記しているのは、本土決戦などと勇ましいことを文学報国会の内部で叫ぶ人間がいることに対する抗議、というよりも生理的な嫌悪感だ。日記でしかできない抗議を執拗に続けるために記述はますます克明になる。

二十六日、情報局関係のすべての文化芸能団体が集まる会に出る。折口信夫《しのぶ》が静かな声で「安心して死ねるようにしてほしい」と発言。「安心とは何事か」と反論される。

二十九日、「気持が乱れている。迷っている。ぐらついている。だからでしょうか。腹が立ってしようがありません」

八月、定期を買って「文報」へ行く日々である。「原子爆弾の話」を七日以降の日記は記し続ける。「新型爆弾」に関する記事は綿密に写す。大本営発表の全文を写す、結びは「報復一途……われら一丸、こつて体当りするところこれの成らざるはないのであり、（中略）既に正義に於て勝てるわれらがまた武力に於ても勝てるの輝かしい秋《とき》を迎へるであらうこと神人共に

疑はざるところである（東京新聞）」（八日）

九日、久米家に集まると酒が出る、その財力恐るべし。「避難の話になった。もうこうなったら避難すべき時だということはわかっているのだが、誰もしかし逃げる気がしない。億劫でありまた破れかぶれだ。／「仕方がない。死ぬんだな」」。ソ連参戦後は、鎌倉文庫の店で出会う面々も「おしまいですね」と呟き合う。しかし、新聞は陸軍大臣の「楠公精神を具現すべし」の布告を伝える。丹念に書写した後に「何をか言わんやだ」と吐き捨てるのはいままでにないことである。

十二日、新聞が来ない日、カボチャの交配をする。次の日新聞が来るが、知りたいことは何も書いていない。二重橋の写真に「悠久の大義に生きん」の見出し。ポツダム宣言受諾はすでに決定していることをいまわたしたちは知っている。庶民が無知蒙昧の境遇に捨て置かれている様を、『敗戦日記』はしたたかに暴き続ける。

五

敗戦後の東京は、日本が無政府状態になったらどうなるかの実験ともいえた。その記録としては山田風太郎の日記がもっとも鋭く、高見が続く。『断腸亭日乗』の文体は平然として日々をやり過ごすところがある。これは筆録者の位置による。山田がいちばん底辺を歩き高見がこれに次ぐ。荷風の凄みは精神的にも身体的にも破綻していない証左といえよう。いま三人の中で高見に焦点をしぼる所以は、もっとも失うこと多く、惑乱し破れかぶれだからである。それでいながら、いや、だからこそ新しい時代の発信者の役割も担っていた。その点で何者でもなかった青年・風太郎は身軽で自由、高見には重い荷物が背負わされている。

『敗戦日記』の八月後半を摘記する。

十六日、東京でも鎌倉でも戦争責任の証拠隠滅のために書類が盛んに焼却される、その煙が空を黒くする。「民衆の多くは、突然の敗戦にがっかりしている。（中略）——こんなことで敗けるのはいやだ、戦争をつづければいいのにと、そういう人が多い」。「私は日本の敗北を願ったものではない。日本の敗北を喜ぶものではない。日本に、なんといっても勝って欲しかった。そのため私なりに微力はつくした。いま私の胸は痛恨でいっぱいだ。日本及び日本人への愛情でいっぱいだ」

十七日、かねてから重篤の島木健作の死。十八日、東久邇宮内閣成立、徹底抗戦を叫ぶ妄動やまず、「ここで妄動をしたらそれこそ最後の一線たる国体護持すら失ってしまうことになるではないか。否、植民地にされてしまう」

十九日、「敗戦」の文字が新聞に現れる、いままでは「戦争終結」だった。「日本はどうなるのか。／一時はどうなっても、立派になってほしい。立派になる要素は日本民族にあるのだから」。二十二日、「文報」で月給をもらう、六百円余り。「文報」の解散は許されず、報道官が「今後は、たとえばアメリカの御機嫌をとって貰うような作品を書いていただくかもしれません」といったという。「ああなんということだろう」。昨日は軍のご機嫌記事を求め、今日は占領軍にへつらえという。愛国の思いが時となく噴き上げる。

二十八日、浅草へ飲みに行き次のような会話を聞く。「警視庁から占領軍相手のキャバレーを準備するようにと命令が出た」「淫売集めもしなくてはならないのです」「集まらなくて大変でしょう」「それがどうもなかなか希望者が多いのです」。八月末のこの警視庁通達は全国規模であった。

二十九日、川端康成がいう、「僕等はやがて右翼ということになるかもしれませんね。僕等はちっとも動かないが、周囲がどんどん動いて行って……」。こうした中で、鎌倉文庫のメンバーによる出版の相談が進む。やがて雑誌「人間」の刊行計画が実現へ向かうことになって九月にはいる。

九月八日、アメリカ兵をはじめて見る。「陽気なイタズラ小僧」。十二日、川端氏と志賀直哉家訪問、長文である。ホットケーキが出てマーマレイドとバターが添えてある。その日の新聞は東条英機大将自決を報道している。「なぜ今になってあわてて取り乱して自殺したりするのだろう。そのくらいなら、御詔勅のあった日に自決すべきだ。生きていたくらいなら裁判に立って所信を述べるべきだ」。東条は自殺をし損ねたが、九月は、杉山元帥自決、小泉元厚相と橋田元文相の自殺、田中大将自決と相次ぐ。

そして十月一日の日記——

「三木清が獄死した。殺されたのだ！

墨堤の大倉別荘が進駐軍の慰安所になる」

この二行は、敗戦という悲惨の二面、知識人問題と婦人問題を象徴的に暴く。以後、日記には「恥かしい」ということばが頻出する。街を歩いても、白木屋で始まった鎌倉文庫の活動に際しても。「『政治』はもうご免だ。党派はもうご免だ」。十一日には、前日獄から釈放された共産党員を迎えるデモ。高見にとって戦後日本の前進を担うのは左翼だから、「政治はご免」というのは彼の袋小路状態を表してもいる。

十九日、都の焼跡整理が始まる、戦艦「大和」「武蔵」の写真が公表される、「消失してから初めてその正体が国民に知らされたわけである」と自嘲。二十日、スカート姿の女が目立ち、アメリカ兵に媚態を示す駅頭の風景、「なんともいえない恥かしい風景だった。この浅間しい女どもが選挙権を持つのかとおもうと慄然とした。面白がって見ている男どもも」「日本は全く、底を割って見れば、その文化的低さは南洋の植民地と同じだったのだ。自惚れていたのだ。

私自身自惚れていたのだ」。羞恥心の底に黒くわだかまるのは女たちへの嫌悪感だが、すべて愛国心とねじり合わされている。

羞恥心とともに記される空腹感も生々しい。街に食べ物屋が増えてくると余計にひもじい。吉原を歩き浅草を歩き、弁当は「イモ」。二十八日には有名な「闇米」を拒否して死んだ教師の記事を全文書写。二十九日、窪川稲子らが小説を発表しはじめたこと、世間に英会話のパンフレットが出回ること、久米正雄の案内でしもた屋で食事、「刺身が出た。あわびが出た。えびの天ぷらが出た。(中略)ご馳走になりながら、いやな気がした。巷には餓死者が出ているというのに」

外に出て喧嘩をする。「国辱だぞ!」と叫ぶ。帰りの電車で自己嫌悪にまみれる、「私はヒステリーになっている。生き難い」。戦時下では発しられたことのない怒りである。

十一月、十二月へと怒りはさらに自嘲めく。

自分の日記に対しても「日記には、喜びがない。いや終戦前は、あったかもしれない。忘れた。しかし、かなりの量の日記を書きつづけ得た今、それに対して、くだらない通俗小説一篇を書き終えた時の喜びすら、感じ得られないのである」(十一月三日)、「『民主主義』の名の下に、バカがいろいろ踊り出る」。左翼系が「右翼評論家にかわって今や時の寵児として現われた」(十一月十三日)

「戦争は終った。しかしやはり「愛国」の名の下に、婦女子を駆り立てて進駐兵御用の淫売婦にしたてている。無垢の処女をだまして戦線へ連れ出し、淫売を強いたその残虐が、今日、形を変えて特殊慰安云々となっている」（十一月十四日）

こうした気分を「敗戦感」といっている。その屈辱を刺激するものとして女たちの姿態が観察されていたのだ。

彼に比べると、山田風太郎の観察はもっと細かく、価値観で取捨選択されていない。飢えは激しく死の寸前、小屋の住居も高見の比でないが、その地べたで聞こえること、見えるものがすべて描かれる。まるで書くことで飢えが忘れられるかのように。

十二月二十六日、雑誌『人間』創刊号出る。表紙を須田国太郎、巻頭に西谷啓治の「国民文化とヒューマニズム」、高見は「島木健作の死」を書いている。正宗白鳥、川端康成、林芙美子、里見弴らが名を連ねる。三十一日、発送に大忙しの後、街に出ると「露店の賑わい。支那の難民区と同じ。心痛む悲しい雑踏。汚らしく悲しい賑わい」。敗戦の年が暮れて行く。

高見順にとって敗戦の日記を書くことは自虐行為だった。それがわたしを惹きつけもする。痛みや屈辱や悔恨、嫌悪を敢えて書く。そこに精神の激しい躍動があって、引き込まれ目が離せないのである。

六

草森紳一の『荷風の永代橋』（二〇〇四、草土社）は大著、「枕」に出来るくらいの部厚さ、複雑怪奇な荷風という森へ分け入り、読むものを甘美な迷路に導く奇書である。そこで草森によって荷風と並べられる高見順は軽い、やくざっぽい。当然ながらチンピラに見える。

二十六年住馴れた偏奇館が焼倒れるさまを、心の行くかぎり眺め飽かそうとする荷風は、少なからぬ蔵書が一時に燃える悲惨の中でも威風を持つ。「アメリカよ、日本をこらしめてくれよ」と日記の中で密かに呟いた荷風、その通りに米空軍がやってきて、東京を焼土と化しつつある下を逃げ廻る。そのさまを草森は丹念にたどりながら、その時最大の傑作と自認する未公開「日記」の入った皮のバッグを横抱きにしている荷風を描く。「日々日記漬けなのである」と。これもまた、命綱というべきか。

日記漬けでは高見も遜色がないが、日記への価値観が異なる。高見においては悔恨と執念が日記へ向かわせると先に書いたが、偏奇なる荷風においてはそうではなかった。皮の鞄に抱えているのは、畢生の大作となるべきもの、その自信である。草森の記述から浮かび上がる荷風はふてぶてしい。強固な自信において、高見の比ではない。

荷風はまた小説『踊子』の草稿を空襲下で書いており、『断腸亭日乗』を見ると一九四四年二月十一日の項に「燈下小説『踊子』の稿を脱す。（中略）数年来浅草公園六区を背景として一編を草せんと思ひゐたりし宿望、今夜始めて遂ぐるを得たり。欣喜措《きんきお》くべからず」とある。これは戦後「展望」創刊号（筑摩書房）に掲載されたことによっても劇的であった。前稿『常念岳を見よ』で書いたように、その華々しい大家復活の演出は目の覚めるようなところがあった。それは谷崎の『細雪』伝説と相呼応する厭戦的文壇神話となった。

荷風が浅草を舞台にして『踊子』を構想したのには高見の『如何なる星の下に』があったにちがいない、とわたしは思う。のちに高見は『踊子』を読んで「ぐうの音も出なかった」と負けを表明したそうである。草森はそれに異論をはさまないが、果たしてそうであろうか。

草森は『如何なる星の下に』について、その橋の上の描写を問題にする。瓢箪池の橋の上に新進作家の「私」とダンサーの女が佇む場面である。「ここには、荷風の如き橋の作法がない」と批判する。「高見順の場合、なまである。歩く二人には、あらかじめ橋が見えていない」

草森は「永代橋」をテーマにしているのだからステージが問題である。高見の「無作法」はしかたないではないか。とはいえ、「なま」という批評はさすがに鋭い。わたしはむしろその「なま」にこそ価値を置く。

久しぶりに荷風の『踊子』を再読して見たが、その落ち着きはらった運筆に心が動かなかった。空襲に襲われ続けた東京で死と直面しながら書いたものがこれか。生意気盛りのころ「若い女に荷風が分かるか」といわれたことがあったが、これが大文学の芸術、男の文学かと心中で反論した。相変わらずの落魄と情痴の世界は大物らしさがかえって空しい、この格調が何になろうかと思う。老人になってもわたしには「荷風が分からない」ようだ。

敗戦の気配が日に日に立ちこめる東京の一隅で、『踊子』の世界を孤独に築いていることはたしかに鬼気迫るものであるが、焼け跡を逃げ廻る人たちが勇気づけられただろうか。まだしも『細雪』の女たちの方が戦時下の生活誌をまざまざと伝える。これらが日本文学の第一人者の作品であり、戦時下の記念碑的作品であると、いったい誰に向かって誇れるのか。人々はすべてを失い奪われて焼け野原にのた打ち回っていたのに。

引き換え、『如何なる星の下に』が届けるメッセージはどうか。これが発表された一九三九年には、石川達三が『武漢作戦』を日比野士朗が『呉淞クリーク』を火野葦平が「兵隊もの」とよばれる作品を矢継ぎ早に出していた。そういう時代である。その空気を『如何なる星の下に』は背景にしている。作者・高見はかっちりと時代に鋭い爪を立てている。すなわち、思想たりえている「なま」なのである。だからいまも鮮度を失っていない。これは再読したときの深い感動であり驚きだった。

若い作家「私」は日中戦争が激しさを増してゆく社会から逃げを打つかのように、浅草に仕事部屋を持つ。喧噪の浅草、汚濁の浅草の中にうごめく男や女たちは、彼に小説を書く暇を与えない。ほんとに仕事をしたいのなら、こんなところにいるべきじゃないと、読みながらわたしはいらいらし通しである。

しかし、ここに繰り広げられるのは、昭和十二年の浅草の人物俯瞰図。漫才芸人に売れっ子もいれば落ち目もいる、レビューガールの初々しさ、「風流お好み焼惚太郎」に集まってくる男たち、崩れインテリがもたらす従軍作家たちの噂、転向作家を夫に持つ女、「中支」の戦場で負傷した元工兵、踏みにじられても決してそのままではいない、たくましく貧しい彼ら、無精な能なしの彼らはまるで社会の汚れものみたいだが、どっこい、したたかに生きている。

それら群像を描く高見の眼は温かい。愛しながら嫌悪し、絶望しながら生き延びることにおいて作家も人物たちもともに浅草の住人なのだ。小粒だが、それぞれが一つの典型である。『如何なる星の下に』の圧倒的な価値は、日中戦争へ突入していく日本の現実を鋭く観察して、底辺の細部を映し出しているところだ。

けれども「私」は次のような告白をする。

「小説家がバカバカしくてそらぞらしくて浅間しくて書けないようなことを平然と展開して見せる現実の図太さ、そのヌケヌケとした現実の恐ろしさに、私の脆弱《ぜいじゃく》な小説家的な神経は無慙《むざん》に叩きのめされた。そうだ。現実の不思議さにいわば打たれつづけている私ではあったが、この不思議さは、身近というのも愚かな身近さだけに私を打ちのめす力も大きかった」
ああ、わが高見よ、泣き言をいうな。「現実」というのは、小説の中ですでに描かれた人々のありようと別のものではない。ゴミのような浅草の芸人たちが中国の前線へ慰安隊として「お国のために」応召するという「現実」だ。この作品の世界が時代そのもの、時代の「なま」の姿であるとどうして開き直らないのか。とはいえ、これが高見順だ。魂胆が未熟、しかしこの未熟の魅力を否定すると高見の世界は壊れる。
『敗戦日記』には次のようにある——「小説のいわゆる新しさ、新味はその「面白味」のところで工夫され発揮されるのだが、そういう新しさが一番さきに古くなる。十年も立たないうちに腐臭を発してくる。/鷗外などの日記は、事実だけなので腐らない。/私の日記は、——腐ってもいい」(四月七日)
荷風の『踊子』に対して「ぐうの音も出なかった」というのをそう簡単に信じてはいけない。それは偉大な従兄への表敬であると同時に不遜な自負をも籠めている。高見の自負は、戦後の大作『いやな感じ』(一九六〇~六三)によって示された。そこに高見文学の到達を見る。「敗戦日記」に満ちていた「破れかぶれ」精神の見事な結実である。

七

山田風太郎は兵庫県但馬の出身である。今年「生誕九〇年記念　山田風太郎展」が神戸元町で開かれた。「僕は小説を書くために生れてきたようなものだ」がポスターのキャッチフレーズになっている。日曜日に出かけたのに来館者はまばらだった。おかげでこの不思議な大衆作家の世界に静かに浸ることができた。先の記したように日記のあとがきに「世を忍ぶかりの姿」といい、対談では森まゆみに向かって「戦後は余生である」とも呟いている。(『風々院風々風々居士』(二〇〇一、筑摩書房)

これらの述懐は異なるようで一つなのだと、展覧会を見て納得できた。膨大な日記のノートもあった。細いペンで細かく書かれていた。風太郎の小説はあの日記を土壌にして生まれた。一人の医学生はあの年に死んだ、だから「余生」である。しかしそこから多産な大衆作家が生まれ出たのでもあった。

『明治警視庁草紙』を読んで確信した。わたしが教師時代、一葉や漱石を学生に論じる際に導入に使ったテキストである。何しろその中では、よちよち歩きの「なっちゃん」(樋口一葉)が少年の漱石と鬼ごっこをする。品はいいが奇想天外でふざけた物語と思っていた。そこに描かれた明治、妖怪変化の明治は、実は『不戦日記』に記された昭和二十年の東京そのものなのである。あの廃墟から「作家・風太郎」は生まれた。「余生」と「小説を書くために生れた」とはこうして一つになる。明治維新と昭和の敗戦との類似性については『修羅維新牢』(一九七五、初版のタイトルは『侍よ　さらば』)の冒頭に書いている。

すでに作家として立ち、転向者といわれ、従軍もした高見順と銃後の医学生山田風太郎は、敗戦日本を再生、出生の母胎にしたという点で兄弟である。荷風が縁戚であるにもかかわらず、その文学が無縁なのに対して、兄弟である。二人の率直な自己観察には思いがけない共通性がある。庶民の生活感覚に敏感であること、愛国の感傷に動かされていること、徹底抗戦の決起をさけぶ仲間に取り巻かれていたこと。医学生たちの愛国主義(山田の日記)と小林秀雄の籠城の呼びかけ(高見の日記)は時期も内容も同じである。

すでに作家である人の『敗戦日記』とまだ何ものでもない若者の『不戦日記』とにこのような共通性があるということはそら恐ろしい。荷風の大家らしさに惹かれずに高見へ傾斜するわたし自身についてもいえる。日本の精神風土は、とくに作家精神などというものは何という弱さを内包しているのか。またそれを愛玩してきたのか。

高見順は戦後の小説『いやな感じ』において、その「未熟」の完成を試みたのではないだろうか。半世紀を経て再読し、たしかに戦後文学の傑作だと思った。六〇年代の空気をまざまざと呼び覚まされて苦しいほどであった。主人公のテロリストの「加柴四郎」は戦後文学の中の青年たちと並び立ち、現代を告発する力を持っている。現代のネット上には、さらに小粒のもっと未熟な「四郎」が無数にいると伝えられている。その未熟で小粒な暴力が世論を作り国の政治を動かす。

高見順は、昭和二十年の東京の焼け跡でその文学のアナーキズムを内面化した。その点で山田風太郎の「兄」であった――「アナーキズム」と書いてわたしは躊躇する、「加柴四郎」はあまりに幼稚で無邪気なので。アナーキズムというのは岩石のような体制に対して、それを否定する弱者の唯一のよりどころとなる思想ではないか。把えどころのない「日本精神」に対して抗議する側のアナーキズムにもまた、一種の成熟拒否があったということだろうか。

高見は戦後逗子に仕事場を持ったのでその辺りを歩きたかった。本多秋五が高見と出くわして立ち話をした「池田踏切」、そのとき鬱屈している本多に対して高見は文壇の大御所だ。Mさんのマンションで逗子の海を眼の前に眺めながらお茶を頂く、砂浜を歩く。朝の散歩で拾い集めたという桜貝の小さな殻を瓶に詰めたのを土産にくれた。ほのかな紅色の花弁のような一つ一つは水と時間に晒されて淡く鎮まっている。ああ、わたしたちの過ぎた日々はまだまだこのように晒されていない。汚れも生臭さも身にからめて、まだ先の時間を生きねばならない。

その浜辺に『太陽の季節』のモニュメントがあった。金色の太陽を頂く碑文には石原慎太郎自身の筆で「太陽の季節　ここに始まる」と彫られていた。六〇年代の青年にまた一人出くわした。高見は石原が登場したときに、懐疑的だった。「はたして今は明るい時代か」（一九五六・七）の中で、石原は同世代の者たちが今日を極めて明るい時代と見ているといっているが、それはほんとうの明るさではない、政治に眼を向けないでさえずっている籠の中のカナリアだ、政府は教育三法を通そうとしているではないか、こういうところから暗いかげが大きく広がって行く——と。これは鋭い予言だった。

時代はその通りに動き高度成長に浮かれているかげで激しい破壊が進んだ。石原慎太郎も予言通りに変貌した。このモニュメントが建造されたのは二〇〇七年、青年作家は東京都知事となって権勢を誇っている。作家のためでない、政治家のために作られた文学碑——である。

わたしたちの大学生活は、この教育三法をめぐる反対運動の中で始まったのだった。五十年の歳月がもたらしたものはわたしたちが望んでいたのとは遠くかけ離れているが、それでも、四月の光の中で凪いでいる海に向かうと、「あなたたちはよく生きた」といってもらいたい思いが満ちてきて苦しいくらいだ。たちまち女子大生の時間が終わる。

「敗戦日記」（四月二十日）に記された詩（のようなもの）がささやきかける。

われは草なり
伸びんとす
伸びられるとき
伸びんとす
伸びられぬ日は
伸びぬなり
伸びられる日は
伸びるなり

「歴史はその巨大な頁を音なくめくった」

――宮本百合子『播州平野』

一

宮本百合子が一九四五年の八月十五日を迎えたのは、福島県の郡山であった。二〇一一年三月十一日以後、「フクシマ」という名を目にし耳にするたびに、そのことを思う、まるで心を狂わせる「そぞろ神」にとりつかれてしまったかのように。ここまで考えてきたのは、敗戦という大混乱の中でことばはどのように立ち上がったのか、そのとき歌のことばにはどのような責任が托されるのか、文学の力、それによる再生とはなにかということだった。それは過去のことではなかったのだ。いま、あのときよりもさらに深刻な混乱がわたしたちを取り巻いている、もう一度、『播州平野』を開いて見なければと思うようになった。

百合子が焼け野原になった東京から、父祖の地である郡山の開成山に来たのは、疎開ではなかった。獄中十二年、非転向を貫いている夫・宮本顕治はついに網走に送られる事態となった。

妻はせめて最果ての地に移された夫の近くに、網走刑務所の近くに移住しようと考えたのであった。たとえ面会が叶わなくても、そうすることが妻の闘いだ、過酷な国家権力によって強いられた別居にたいする抵抗だと考えてのことだ。鉄道の切符を手に入れることはきわめて困難な時期である。その手配に苦慮している最中に八月十五日が来た。

この敗戦日の体験は、多くの日本文学のテキストの中でさまざまにたどることができるが、とりわけ百合子にとってのこの日は、それまでの人生のどの日にも比べられないものだ。十二年間も夫は囚われてきたのだから、その獄中へひたすら手紙を書くことしかできなかったのだから。しかもその中には禁じられて届かなかったものもある。この手紙が全集ではすべて収録されたので、その年月の過酷を知ることができる。

小説『播州平野』はその八月十五日の描写から始まっている。

> そのときになってひろ子は、周囲の寂寞《せきばく》におどろいた。大気は八月の真昼の炎暑に燃え、耕地も山も無限の熱気につつまれている。が、村じゅうは、物音一つしなかった。寂《せき》として声なし。全身に、ひろ子はそれを感じた。八月十五日の正午から午後一時まで、日本じゅうが、森閑として声をのんでいる間に、歴史はその巨大な頁を音なくめくったのであった。東

北の小さい田舎町までも、暑さとともに凝固させた深い沈黙は、これ迄ひろ子個人の生活にも苦しかったひどい歴史の悶絶の瞬間でなくて、何であったろう。ひろ子は、身内が顫《ふる》えるようになって来るのを制しかねた。(傍点引用者、以下同じ)

最高の賛辞とともにこの文章は引用されていることが多かった。その日小学一年生だったわたしの記憶にある八月十五日とこの田舎町の空気はとても似ている。おそらくほとんどが焼け野原になった日本中のこの日はみな似ているのであろう。原形としてのその日がここに書きとどめられたのである。

だが、ほんとうに名文だろうか。短いパラグラフの中に「歴史」が二度も用いられている。また、「歴史の頁をめくる」とは一般に用いられる修辞だが、「歴史」がその頁をめくるとは奇妙な擬人法である。さらにまた、「歴史の悶絶」などというのは、いかにも耳慣れない感じがある。名文というにはあまり心地よくないとひそかに思ってきた。

敗戦から半年の一九四六年早々に手がけられた『播州平野』と『風知草』は、作者にとって「第二の処女作」のようだと彼女自身がいっている。「それらがほんとに思わずも溢れる川のように溢れてかかれた作品であり、ほんとに書かずにいられない題材と主題とによっているというまじりけのなさの点で、これら二つの作品のかげには、人生の初秋において妻として甦った一人の女の豊かな秋のみのりへの生と文学への息づきがある」（『宮本百合子選集』第七巻「あとがき」、一九四八、安芸書房）。

「まじりけのなさ」とか「豊かな秋のみのり」とか、自作に対する堂々たる評価はやはり百合子らしい。わたしはこれまで詩人や作家がどのように降伏の詔勅を聞いたかを見てきたが、このような「まじりけのない」勝利の喜びを表したものは稀である。やはりもう一度百合子を読み返さねばならない、「フクシマ」という語がうながすものをたどればそういう思いだった。

百合子と等身大の主人公・ひろ子は終身刑の夫・重吉（宮本顕治）の元へ持ってゆく行李を用意していたが、敗戦の知らせを受けてから、その荷物を新しい風呂敷包みに作り替える。夫の郷里・山口県の島田から突然の知らせがあって、広島で兵役についていた義弟が生死不明だというので。囚われの夫はきっとそれを願っていると思って、北へ行くはずのところが西へ向かう決心をしたのである。包みの底に喪服を入れるのを忘れない嫁である。

> 荷物をつめかえているひろ子は、家族的な追憶にみたされた。それは厳粛で、きびしい戦争をとおして営まれる日本の庶民のつましい生活の網目にみちているのであった。
> 網走へ、と思ってこの行李をつめるとき、ひろ子の胸には一筋のうたの思いがあった。選

んで入れる一つ一つの布《きれ》について、そのうたはひろ子の胸に鳴った。そのうたの思いは、このような形で現実の内容をもって来た。

労苦に備える勇気のこもった気持で、翌日ひろ子は街道をあちこち歩いて、移動の手続きをしたり、旅行外食券に代えたりした。

先の引用では、八月十五日の一隅における家族の実感を歴史の大きな転換へとひろげて考察したのだが、こちらでは、行李詰めのしごとという女の些事を、日本の庶民の生活の網の目に位置づけようとする。これが『播州平野』で作者が意図した方法である。微細な現実から巨大な歴史へ、日本の社会の隅々の生活へ、眼を上げて前進し、思いを広げて周りを見回すという構成である。

そしてこの主人公は「うた」を感じる。つましい「うた」が川となって溢れだして、大きな流れを作り出す。『播州平野』一編はこうして出来上がった。

ひろ子は、鉄道事情が混乱を極めている状況の中を出発する。郡山から東京へ出るのでさえ七、八時間かかっている。混雑する車内の出来事はさながら正確なデッサンのようである。善良な人、要領のいい人、運の悪い人、かわいそうな人、明らかに裕福な人、困窮している人たちがいる。彼らが押し合いへしあいする車内は、戦争の記憶を持つ人に多かれ少なかれ忘れられない経験であろう。

しかし、ひろ子はこの強行軍にくよくよしない、夫への愛の証しなのだから。夫の実家で生死不明の義弟は、長兄である夫に代わって一家を担う人だ。ひろ子を突き動かしているのは、夫が妻にもっとも願うであろう行為の実践なのである。そのとき日本の中の至るところで、一家の柱を失った家族たちはこのように動き始めている。寄り添うべく助けあうべく移動を開始したのだ。その「生活の網の目」がひろ子の旅程とともに繰り広げられる。

東京から二十四時間かかる車窓に眺められるのは、至るところ無残な焼け跡である。そのもっとも「仮借のない風景」は広島駅頭で目撃した原爆野であったが、あまり詳しく書かれていない。原爆に関するプレスコードのために書くことができなかったのだ。

仮借のない風景は、夫の実家の中にもあった。行方も分からない義弟、その妻は若く、子どもたちは幼い、老いた母の肩に家業の小商店経営の重荷がかかっている。大黒柱を失っている家族に、さらに折からの暴風雨が襲いかかる。なんとか家族の命は無事だったが、浸水が家と家財に大きな被害をもたらす。これでもかこれでもかという過酷な運命の中で、弱くても立ちあがる人々、隣近所が助け合う生活圏、ここにもつつましいけなげな営みがある。細密画のようなていねいさである。

この台風については、『空白の天気図』柳田邦男（一九七五、新潮社）が詳しい。あの八月六日、広島の原爆被災からほぼひと月後の九月十七日、枕崎から上陸した台風はこの原爆の野を直撃したのである。悲惨極まる天災の状況をジャーナリストの目で鋭くとらえたドキュメントである。暴風雨と洪水が、原爆で廃墟と化した広島の街を徹底的に洗い流すようであった、という。全国紙にはほとんど報じられなかったこの悲劇を中国新聞が伝えた、「原子爆弾といふ「火」の試練を受けた広島市民は今度は「水」だ」（九月十八日）と。誰かが記録を残さなければ、世界に前例のない原爆と台風の二重災害の体験はいつしか忘れられてしまうという危惧を持って戦った気象台の人々がいた。その努力の結晶としての記録を、作者もまた世に知らしめずにはいられないという気持で書いたのだった。朝日新聞の縮刷版で確かめると、その台風はほんの一段の小さな記事であった。

十月三日に占領軍は呉に進駐してきたが、戦災と天災の両方の処理に日本の軍隊を動員した。十月十日にも台風が襲った。それは山津波を引き起こし、大野浦一帯を押し流した。大野浦には、原爆の調査に来ていた京都大学の調査研究班（理学部と医学部）の宿舎があった。山津波はすべてを全滅させた。その遭難救助に向かう関係者が京都から派遣されたが、三原駅から徒歩、舟に乗りついで現場に向かわねばならなかった。柳田は書いている、「山津波は、原爆で苦しみ抜いた者も、それを治療しようとした者も、後世のために研究資料を残そうとした者も、すべてを呑みこんでしまったのだ。しかも、台風が至近距離を通過しているなどとは誰も知らなかったのだ」と。同じ空間と時間の中で、歴史に向かう姿勢が百合子と共通している。

さて、少々急ぎ過ぎた。

台風の被害も癒えない中に、連合軍の命令によって思想犯が釈放されるというニュースが流れる。治安維持法が撤廃となり、拘束されていた人々の釈放が報じられる。その名前が新聞を飾る。そこには重吉の名前もあった。ひろ子は矢も盾もたまらぬ勢いで東京への帰宅を決意する。

帰りの道中は、行きにもまして困難な事態である。台風の被害を受けて鉄道が寸断される。無政府的状況の中の庶民、戦災と自然災害にめげない生活者が、ともかく、前を向いて進んでいる。その中の一人としての主人公である。柳田が二十年後に書くまで詳細を知られなかった枕崎台風、その渦中にあって体験したこと、目撃し耳で聞いたことは、作家であるひろ子にとって大きな財産であった。『播州平野』が輝きを失わない一つはそこにある。

二

宮本百合子は敗戦直後の日本の一隅をこのように『播州平野』の中に記録した。写実力のある作家によって切り取られた風景は、まるで精緻な写真のように新鮮であるが、とくにわたしに興味深かったのは、列車内という限られた空間の中で生き生きと動き、喋り、助け合う人々の姿だ。この記録が語りかけるものは、六十年後の今、三月十一日以後の無残の風景に届き、毎日の報道を受け取るわたしの足元を支える。敗戦後の無政府状態にもめげない人物たちが小説の中から呼びかける、東北の絶望の底にいる人たちへ、人間の声として届く。安易に励ましなどといえない暖かさを秘めた、生きものの声。

少し列挙して見る。

「東北の中央の町から上野まで、僅か七八時間の短距離を走る列車は、混みようもひどかったし、気分もひどかった。潰走列車としか云いようがなかった。軍関係者、復員軍人、それらの大群衆が、それっとばかり、矢庭に担げるだけのものをかつぎ、奪えるだけのものをかきさらって、我がちに乗り込んで来た。互に、あたり憚らず、どたんばでの利得についてしゃべり合っていた」

先ず、七八時間を「僅か」といっている——辛抱強さが半端でない。

それらの人々が車内で開く「弁当」も実に雄弁である。「旅行外食券」を持たずには出かけられなかった時代の弁当にはそれぞれにゆたかな表情があり、背後の生活が残酷なほどに現れている。

三日後の、東海道を下る列車は、東北線「潰走列車」とは違っていた。

「八月十五日以来の第二段の後始末のために、動いている人々、そういう感じの旅客たちであった。かきさらえるものをさらってその場を見すてようとしている人々ではなくて、この旅の行きつく果に、それぞれ日本の新しい情勢によってひきおこされた課題をもっている人たち。そういう空気であった」

東北線も東海道線も二等車での観察である。中村智子は『宮本百合子』（一九七三、筑摩書房）の中で、三等車での体験であったらといっているが、わたしは二等車でなければこの描写は不可能だったろうと思う。踏みつぶされている者には見えないからだ。

「潰走列車」から「新しい日本」へ、たった数日のことで、そんなわけはあるまい、と思う。このガラリと場面を切り替えて、雑から整へ、暗から陽へと転換させる。小説でしか出来ない技だ。先の阪神大震災、そして今度の東日本の災害を重ね合わせて感心した。この妙味は小説の魔術ともいえる、現実をその力で変えようとする意志でもある。ほんとうに「新しい日本」に向かう気持に読者を導く。

片足の傷痍軍人がいる。京大農学部の出身で、北支で負傷した。陸軍病院の終戦以来の滅茶滅茶ぶりを物静かに披露する。向き合って座っている年配の白絹のシャツの男が「いや、どうか自信をもって生きて下さい。脚の片方ぐらいなくたって、人間は幸福になれるんだという信念で、明るく生きて下さい」と励ます。この人も軍の関係者らしく、戦争で大儲けをしたというが、シャツの白さだけではない涼しさを漂わせる。「奥さんに対してなおってもね、ひがむことは禁物です。あなたがそれに負けはじめたら、万事休しますよ。奥さんにはもちこたえられなくなります。これも経験ですが」という。車中のひろ子の周りにはいつも落ち着いたことばが静かに交わされる。混雑にも悲嘆にもしみじみとした味わいがある。

片足男は京都で下車するときに、「白絹」に「一つ何か、記念になるお言葉を頂きたいと思います」という。年長者らしく少しはにかみながら応える、「自重して暮して下さい」と、「そして、勉強する」。この人は大勢の出迎えを受けているのが車中から見えて、「将官級ですナ」と呟きながら「白絹」は「自決の決意を洩して居られました」とひろ子にいう。「言葉」を切望する傷痍軍人と彼を案じる二人の胸の鼓動が聞こえる、「言葉」が求められた場面の緊張感である。人が全てを失ったとき、たまたまの「道づれ」に「言葉」を乞う。なんという切なくも深い交流であろうか。この場面に出会っただけでも再読の価値はあった。人がすべてを失ったとき、最後に残るのは「言葉」だ、その「言葉」は力となる。

広島駅に近づいたころ列車は停止する。ひろ子は朝鮮の人たち、「一切の世帯道具をもって、今や独立しようとしている故郷の朝鮮へ引きあげてゆく人たち」の一群が隣の三等車を埋めているのを見る。それまで動かなかった列車が、がたんと動き始めたとき、彼らの陽気な混雑の中から、突然、少女の声でアリランの歌が聞こえる。

偶然に乗り合わせただけの列車の中である。「歴史の頁」はこのような人々の具体的な姿として少しずつ繰り広げられ、めくられるのである。どこかの車輌には、やはりかきさらって自分だけ得をしようとしている乗客もきっといるのだろうが、ひろ子が乗り合わせた列車では、まさに歴史的な時間がレールにきしむ車輪の音に合わせてゆっくりと回転する。

帰りの列車でも、さらに多様な出会いがある。

「来たときのままの装《なり》で、紺絣のモンペをつけ、さきの丸まっちい女学生靴をはき」、目印にビロードの小切れを結んだリュックを背負ってひろ子は帰途の人となる。リュックの中味は、お握り弁当、米、挽き立てのハッタイ粉――夫の好物である。

ところが午後四時頃、三原駅へは行けないという。鉄橋が出水のために不通になっているという。真っ暗闇の駅に乗客は下された。ひろ子は小柄な男から知り合いの家に一緒に寄ってみないかと誘われる。闇夜の泥濘《ぬかるみ》の行進が始まって、男は眼が不自由であることが分かる。その鋭い直感で一人旅のひろ子を「つれ」に選んだのらしい。「壮年にかかわらず視力の弱い男が、一種の勘で、丈夫でないひろ子を道づれとして見つけたことを、面白くも思えた」。やがて、男が月掛無尽会社か何かの支店長であると分かり、知り合いというのは集金人の女だった。

柳田が『空白の天気図』で通り過ぎた街は百合子によれば次のようだ。

空襲を受けなかった三原の町は、出水後の鉄道の不通のために一万から二万の人が行き来していた。どの家も一人か二人を泊めている。宿泊の交渉するらしい復員兵の姿を目撃してそれがいかに困難なことであるかをひろ子は知る。眼の不自由な男との出会いは思いがけない幸運であったのだ。

翌日、ふたたび車中の人となるが、岡山に着く頃から沿線の風景はただ事ではない。一面水の下になっている田んぼ、点在している農家は舟でしか行き来できないと見える。「物音一つしなかった。一望濁水に浸されて人影のない風物は、住民の絶望の深さを語った」

戦後の食料事情の酷さは戦中以上だったことをわたしは聞かされてきた。関西に住むようになってから八月が来るごとに語られる一つ話だった。それにこの水害の描写はすらりと結びつく。空襲に次ぐ空襲で不足をきわめている食料、播州平野は関西地方の穀倉ともいうべき豊かな土地である。そこがこの被害であった。

列車は、またまた姫路で停まる。駅員と乗客との激しいやり取りがあって、ひろ子の道づれにもう一人が加わる。渋い好みの服装でスーツケースを持っている男は大阪の有名なキャバレーの持ち主だと後に判明する。ここでも、小柄で目の不自由な支店長の手配は機敏だった。姫路の支店が無事なのを見つけその夜の宿を確保する。ひろ子は美しい白鷺城の堀端や女が番傘をさして裾をからげ、ザブ、ザブと水の中を歩く姿を眺める。そして長逗留の先客の女と一つの布団で熟睡するのである。

「大阪じゃ、家族の居どころさえわかっちゃいねえ。――俺あ、戦争には愛想もくそもつきはてたぞ」

「貴様らあ、まだ若いからいいさ。俺あじき五十だぜ、考えてみろ。ぶっ殺されたってもう二度と戦争なんぞへ出てやるもんか」

雨漏りのする部屋に足止めを食っているひろ子に隣の部屋の声が聞こえる。これこそ庶民の敗戦の実感だと作者はいいたいのだ。

次の日も散々な前進となるが、その途次で、また故国朝鮮へ帰る人々を見る。西へ向かってスピードを上げるトラック上の人々に湧く怒濤のような歓声は新しい時代の到来を告げている。

次に目撃するのは、「泥きのこのような小人」の群れである。中継に用意されるはずのトラックがなかなか来ないので、苛立っていた乗客も「なんだい、こりゃ!」と次のことばを失う。するとだれかの声が「少年兵だ」

「どれも十二三から十四五どまりの少年たちである。頭をこす大荷物を細い背中にくくりつけて、太い綱をへこんだ子供の胸元でぶっちがえ、重さにひしがれて、両腕をチンパンジーのように垂らして体の前でゆすぶりながら、本当によち、よち、歩いて来る。どうして、こんな体不相応な大荷物を皆が皆かついでいるのだろう。明らかにこの土気色の小人群は、その荷物を背負って明石から何里かの道をここまで歩いてやって来たのだ。困憊《こんぱい》が、同じようにやつれ、同じように瞳のどろんとした子供の顔に漲っている、見るも薄気味悪いこの小人たちが、その上みんな揃って軍服を着せられている」

巻きゲートルの大柄の男が竹のステッキで追い立てる。「ひろ子は、体が震え出すような気がした。少年兵。——少年兵。どうぞ一人も途中で死ぬことがないように」

百合子の描写は細密画のように正確であると繰り返してきたが、だからこそわたしは理解できない——十二歳から十五歳どまりの「少年兵」とは何か、この荷物は何か、だれのために、だれの命令でどこへ向かったのか、もともと「少年兵」はいつ召集されたのか、そして隊列を組んでいるということは、十月になっても解除されず任務にあるというのか。この異様な軍服の列を、わたしはひろ子のようには納得できない。彼らはわたしより少し年上であるから、存命の人もあろう。こうした記憶が証言として語られることはあったのか。

しかし、百合子が『播州平野』にこの「少年兵」たちの一九四五年秋の実像を書きとどめたことは重要である。『播州平野』論は多いがこの「少年兵」の検証はされたのだろうか。少年兵というとき「予科練」や「神風特攻隊」、陸軍の「幼年学校」や「少年工科兵」「少年通信兵」の語を聞いたことはある。しかしその年齢は、百合子がここに描いた子どもたちよりはるかに上である。また、「群れ」というのが何人程度か分からないが、敗戦後に隊列を組んで移動するほどに、彼らがまとまって組織されていたか、疑問が尽きない。
これは不法に集められた「少年兵」ではないか、闇物資の運搬を強いられているのではないか、身寄りを失った子どもが街に溢れていたのだから。軍服という制服はめくらましだったのではないか。何も疑っていないひろ子は仕方がないとしても、冷静に緻密に無残な廃墟を描いてきた作家・百合子が、この異様な街角の風景に何の解説も施していないのが不思議でならない。

三

『播州平野』は『風知草』とともに一九四七年の毎日出版文化賞を受けた。この二つの作品は鮮やかな対照性をもっている。前者は、夫から引き離されて十二年間、孤独の中での戦いがまさに終わろうとしている瞬間、でも、まだいまは孤軍奮闘を強いられる妻が、混乱する社会を通りぬける旅客の目で鋭く観察するのである。後者は、長い間夢見てきた生活を手に入れた夫婦の第二の新婚、その幸福な日常であり、外では共産党の再建が進む日々。この二つの小説は、写実主義のお手本のような手法でそれぞれの異なった内と外を描きとめた。『播州平野』では廃墟から復興して行く人々の姿を、『風知草』では共産党の組織を中心的に指導してゆく夫婦の姿と、相も変わらぬ男の家長ぶりを、実に対照的に展開して見せたのである。二つが揃ってこその敗戦日本であった。矛盾に満ちた立体的な証言というべきだが、『風知草』については、別に考える。

『播州平野』を「うた」をキイワードにして眺めてみると次のようである。

最初に聞こえるのは、網走へと思いつめて荷物をつくるひろ子の胸に鳴る「一筋のうた」(三一章、以下)

次にアリランの歌、「隣の車室の薄ぐらい陽気な混雑の中から、少女の澄みとおった一つの声が、突然アリランの歌をうたい出した」「メロディーをゆったりと、そのメロディーにつれて体のゆれているのも目に浮ぶような我を忘れてうちこんだ声の調子でうたい出した」。「うたでしかあらわされない気持のいい、よろこびの心が、暗くて臭い車内から舞い立っているように少女はアリラーンをうたっている。ひろ子は、しんを傾けてその歌をきいた」(六)

それから敗戦直前の五月のころ、「ニッポンよい国　花の国/七月八月　灰の国/九月十月よその国」、こういう不思議な歌が街でうたわれていたと書いている。「一台のバスにきっと憲兵が一人はのってはしりまわっている。その街路で、このうたが流行し、うたわれた。生活にかぶせられている愚弄と穢辱《わいじょく》に腹立つ感じが、人々の間に、そのうたの辛辣さが共感されたのであった」(十二)

この歌について——五月頃からうたわれたというのは九月の誤植ではないかと疑問を持ったのは津田孝である。『宮本百合子全集』の編纂にも携わった彼は、原稿を確かめたが誤りではなかったと『宮本百合子と今野大力』（一九九六、新日本出版社）に書いている。一九四四年冬のころ、アメリカ軍が広島周辺に撒いたビラにこの歌があったと証言する人がいたのである。五月にすでに「灰の街」や「よその国」が予告されていた。先の「少年兵」といい、この歌といい、『播州平野』の記録性がいかに高いかを示すものだ。

それから雑然と聞こえてくる歌。

「やがて、隣室の復員兵の一人が唄をうたいはじめた」。「朝鮮の兵舎の草原でもそうやって唄ったのだろう。今雨もりのする、列車不通の姫路の宿の暗がりで、その男は、次から次へと、いろいろの唄をうたった。レコード覚えの流行唄ではなくて、何々音頭、何々甚句という種類の唄である」

「佐渡おけさのときは、五人の一行がみんなで唄った」。「一時間の上、そうやってうたっていた。兵隊らしい猥褻《わいせつ》なうたはひとつも出なかった。ひろ子は、うたの終らないうちに眠ってしまった」（十六）

こうしてみると、多くの章が沸き起こる歌やささめく歌、賑やかな歌、静かな歌で終わっている。また、この小説の最後を締めくくるのもまた若者の口笛と歌である。彼らは行く手に楽しいことが待っているらしく、子犬のようにはしゃいで歌っている。それを聞きながらひろ子は播州平野の秋の陽に金色に輝く木々を眺めて荷馬車にゆられている。もう二度とこの道をこのように運ばれることはないだろうと思いながら、「日本じゅうが、こうして動きつつある」と感じる。

なお、この作品は初め『国道』と題して書かれた。この最後の場面が新しい日本の出発にふさわしかったから『播州平野』になったのだろう。線である「道」が「平野」に広げられたのである。そして、ひろ子という主人公の名に美しく響き合うタイトルとなった。まさに「歴史の頁」がめくられようとしているとき、それを描く小説は堂々と幕を降ろす。つねにともに語られる『風知草』であるが、そこにはこの軽やかなリズムはない。

わたしは大学を出て一年だけ、この播州の加古川で勤務をした。大手の紡績工場の企業内学校の教師だった。山陰や九州から集団で就職してきた「金の卵」たちが三交代で働いていた。休日にまだ幼さが残る少女たちと出歩いた播州平野は広々と陽光に満ち、つやつやの頬の色が背景に似合っていた。新米教師は『播磨風土記』の話を聞かせたいのだが、彼女たちは手にしたばかりの給料の手持ちの分で——給料の多くは実家に送られていたがわたしはその割合を知らないままだ——「御座候」という饅頭を買うことに執心していた。いまは駅中やデパートでも手軽に買えるこの回転焼を目にすると、いつも少し感傷的になる。少女たちも健在なら今は六十代、どこでどんな老いを迎えているだろう。

題名を『国道』から『播州平野』に変えたところには、戦後日本の復興は明るいはずだという作者の確信が表れている。だから実際には東京まで五日間もかかった過酷な旅だったのだが、播州平野の秋の気配の中で筆を下ろした。読者もまた作者のその予感に寄り添って読後の目を上げたのであろう。

百合子は、新日本文学会の門出に際して「歌声よ、おこれ―新日本文学の由来」(一九四六・一)と呼びかけた。

「初めはなんとなく弱く、あるいは数も少いその歌声が、やがてもっと多くの、まったく新しい社会各面の人々の心の声々を誘いだし、その各様の発声を練磨し、諸音正しく思いを披瀝し、新しい日本の豊富にして雄大な人民の合唱としてゆかなければならない」

みずからが発した檄を『播州平野』においてみずからが実践してみせた力仕事であったといえよう。しかし、戦後の文学的出発に際して、百合子は「うた」というメタファを使い過ぎているように思う。いまは『播州平野』に限っているので省くけれども、解放の喜びによって看過されたことも多いのである。この小説は「歴史」がそんなに容易には「めくられる」ことがないのを逆説的に示すものでもあった。

『風知草』とこれがセットになっているのもそういう意味で興味深い。不屈の英雄である重吉が、夫としてはわがままで傲慢な男に過ぎないこともこのリアリストは描いてしまった。広津和郎が百合子と共に林芙美子、平林たい子を戦後「女流文学」の並び立つ峰々にたとえたのはよく知られているが、その一人・たい子が『風知草』の重吉について「こんな亭主は、わたしならひっぱたいてやる」と苦笑した。作家としての百合子はリアリストだったが、ひろ子には「惚れた女房」の弱みが付きまとう。その点で、いやというほど男の苦労をしてきた芙美子やたい子から見れば「甘い」に尽きる。同じ年に急逝した芙美子は百合子をほとんど無視したが、平林たい子の絶筆『宮本百合子』（一九七二、文藝春秋）は、その弱さにも強さにも目を行き届かせている。そして、百合子の広い見識に匹敵するのは日本では「紫式部」しかいないと惜しんだ。

四

郡山へ行かねばならないとしきりに思われた。その郡山に近い山間にある弟の農場は、ようやく二百本のブルーベリーが実をつけるようになった。「開墾でいちばん大変なのは萱だよ」といっていた地が豊かな畑になっていよいよこれからというときに原発の事故であった。どんなにふさいでいるだろうと思っていたら、「収穫に行く」という。ブルーベリーもさることとながら、開成山に廻ってくれるという誘いである。前々からわたしが百合子の父祖の地を見たいといっていたのを覚えてくれていた。農場のある天栄村から郡山は車で一時間ほどである。

百合子の祖父・中条政恒は、一八六八（明治元）年の戊辰の役で米沢藩の軍監として指揮したが、敗北の後は東京に幽閉された藩主にしたがった。しかし、明治五年には福島県県令安場保和から大槻原（いまの開成山周辺）の開拓を託される。これが安積《あさか》開拓と呼ばれる事業だ。わずか二十五名の「開成社」は団結して励み、四年で荒地が桑畑の平野へと変貌する。規模は大いに違うが、弟の開墾談は参考になった。日本の開拓史上はじめての国営事業は、安積の原野に猪苗代湖から疏水を引くことで成功への道筋ができたが、明治九年に天皇の東北行幸の途路となったことが大きな飛躍となった。延べ八十五万人が関わった。明治十年代には入植がはじまり、五千人の町に全国から二千人余りの旧士族らが移住したという。政府の要人・黒田清隆や森有礼らが視察した記録も、この開拓事業の成功を物語っている。その中心になった役場「開成館」は天皇の宿泊所にもなったが、明治時代の人々をその擬洋風建築は驚かせた。今も十分にその面影を保っていて、地震の被害を受けて外壁の崩れもあり入ることができないが、明治にあってはさぞ威風堂々たるものだったろう。

十七歳で書きあげた『貧しき人々の群』で百合子は天才少女の名をほしいままにした。その舞台になったのがこの地である。そこに描かれた東京のお嬢さんの観察と行動は、それを読んだときわたしも十七歳だったので大きな衝撃を受けた。しかもこちらは純粋の農村の娘であったから痛烈な一撃だった。貧しい農民の生活ならもっと知っている、四季折々の風景ももっと詳しい。だが、この堂々たる人道主義、まっすぐな正義感、それをしっかりした骨格で描きあげる力はいったい何だろう。その驚きがわたしの文学との出会いだったともいえる。

郡山の「村」はそれ以後の作品でもしばしば登場する。百合子が人生を大きく転換させるときなくてはならない場所である。ここに身を置いて熟考するとヒロインは正しい判断をする。「村」を南北に貫通する大通りや、そこから爪先上りに行くと「いくらか昔話の龍宮に似た三層楼の村役場」に至る道を百合子はエッセイや小説に繰り返し書いた。古い松の大樹の植込みの豊かな美しさ、坂の上に聳えていた「龍宮城」は、当時の写真では開拓地の高台に晴れがましく聳えている。しかし、いまは「村」の名残はどこにもない。近代的な都市の一隅にあって、「開成山」とは名ばかりの高台である。それさえ見落としそうな大都市。

中条政恒の私宅跡は、いまの「開成公園」の中にあって、ここで百合子が敗戦の日を迎えた。いまその場所に百合子の記念碑があって『貧しき人々の群』の一節が刻まれている。とりあえず市役所の観光課に聞こうとすると、本庁舎は地震の被害を受けて閉鎖、別館で業務が行われていた。「開成館」と同様「安積開拓官舎」「入植者住宅」も閉鎖しているが、「文学の森」は開館していますという。「開成公園」の木陰を選んでつき切ってゆく。

広々とした庭をめぐらせて「文学の森」はあった。開館にはまだ間があるので芝生の向こうの小さな建物に近づいてみると久米正雄記念館の表示がある。彼の家が鎌倉から移築されている。敗戦前後の鎌倉文庫の時代、この西洋風の瀟洒な家に川端康成や高見順たちが集ったのだ。ここも修理中で入れない。

さて文学資料館は、久米正雄が主人公である。百合子は彼を取り巻く文壇人の一人でしかない。高山樗牛《ちょぎゅう》、中山義秀、真船豊、諏訪三郎らと並んで、特別扱いはされていないのである。また、郡山では文化事業の一つに「久米正雄賞」「宮本百合子賞」が設けられているらしい。「その受賞作品を見られませんか」と尋ねると館員はきょとんとしていた。ペン部隊の陸軍班長だった久米と、左翼思想のために執筆停止処分を受けていた百合子が、現在並んで地域文化の担い手になっているというのはなんという皮肉であるか。この企画に携わった人は何を思ってこういう組み合わせをしたのであろう。

あの世の百合子は抗議ができない。庭の池にハスが大きな美しい花をいくつも開いている。池のほとりに立つ涼風に弟夫婦と一休みしながら、わたしはこの旅に出る直前に読んだ本のことが気になっている。

大森寿恵子『若き日の宮本百合子』（一九九三、新日本出版社）である。ここに興味深い補論が付いている。久米に宛てた百合子のラブレターである。一九一五年から一九一六年へかけての出来事で、百合子の初恋は儚い一方的なものであったようだ。最後の手紙は別れを告げるものので長文の、原稿用紙にして九枚くらいになろうか。後の顕治への長い手紙を思わせて複雑なものがあった。「若気の至り」という陳腐なことばを呟かずにいられない。そして、文学館にこの二人が並び立ち、ともに後世の文化事業を推進する役割を担っている。夏の強烈な日差しが人影もないベンチに容赦なく照りつける下で、百合子への痛ましさを扱いかねている。大森寿恵子が百合子の秘書だったこと、そして後の顕治夫人であることに内奥が生臭く反応するのでやりきれない。

「開成公園」はエドヒガン桜の巨木に周囲を取り巻かれた広大な敷地である。競技場もあって、折から甲子園を目指す球児たちの予選の試合が行われていた。白いユニフォーム姿の高校生がわたしたちに明るい大きな声で挨拶していた。

「あんな大災害があったとは思えないねえ」

「ほんとに」

中心街の建物にブルーシートがほとんど見られない。阪神淡路大震災ではこんなに短時間に平静を取り戻しはしなかったと思うのも、わたしが被災者だったからだろうか。あのときと今をいつも比べている。家に損傷がないのに、散らばった本の片付けに長い時間を要した。ここでは街並も車と人の行き交う姿も穏やかだ。炎天下の現実は「すべて世はこともなし」といっているようだが、この方が夢幻ではないか。地震も放射能の汚染の悲劇もまるで無縁に見えるありさまがうつつとも思えない。

この旅行でたった一つ「非常時」を感じさせたのは、その日の温泉宿の朝食の席だった。宿は熱海町という郡山のはずれだったが、見晴らしのいいレストランの席の半分を制服の男たちが占めていた。訓練された寡黙さがあって、広い食堂を自然な静かさが覆っている。

「何をされる方たちですか」

「放射能汚染地域の検問警備の方々です、朝から夜遅くまでの重労働です」とウエイターはいった。災害地であること、放射能汚染という災害に見舞われた地域に近いことを知る唯一のできごとだった。

フロントの人は「風評被害が」と顔をしかめて客足が減っているのを嘆いていたが、放射能汚染という大事、あの多勢の警備を要する現実と、風評という目にみえない靄のようなものとにこの地は押しひしがれている。そのどちらもわたしの目に見えない。

＊

「日本の近代史がポキッと折れた」としきりにいわれる。

「太平洋戦争の敗北でも折れなかった「なにか」、戦後には別のかたちをとって発展を遂げていった「なにか」が、今度こそはポキッとくじけて、そこからさて、どちらの方向へ芽が出ていくだろうかというまことに重要な分岐点に今、来ている」(『大津波と原発』朝日出版社、中沢新一の発言)

いま、わたしたちが立たされている曲がり角はどのようなものだろう。

宮本百合子の『私たちの建設―封建の世界』(一九四六・四、実業之日本社)という小さな読みにくい本をわたしは書棚から捨てられずにいるが、あの時代を表す粗末な作りで全体が茶色に変色してしまっている。それは『播州平野』と前後して書かれたものだが、当時の幣原《しではら》内閣を痛烈に批判する。

「財閥解体といふ身ぶりをしても真実にはあらゆる方法をつくして大財閥の利益を守るために熱中している」「日本社会機構の内部にはまだまだおびただしい反動の勢力が、千変万化して生きながらへてゐる」

『播州平野』の作家は、解放に酔っているわけではいない。戦後の混乱に眼を据えている。「敗戦後の文学界で、一般にもっとも好評を博した作家」(桑原武夫、一九四九・四「中央公論」)といわれる宮本百合子は、時代の曲がり角で未来を指し示す役割を担っていた。「歴史」の頁を建設に向けて開くべく果敢に発言して、またそれが人々に受け入れられたのである。小さな工場の若い女子労働者も競って読んだという。百合子の「歌声よ、おこれ」の呼びかけは明るい希望だった。

一九四五年のあの時と二〇一一年は何が違うのか。かつては焼け野原に立ってそこが廃墟であることを疑う人はいなかった。「歴史の頁」は必ず前に向けてめくられるという熱い共感があった。しかし、いまはどうだろう、歴史の頁は前にめくられるばかりではないことが目の前で展開される。大津波から立ち直るすべを昔の文献は教えるが、原発事故の廃墟を体験したことはない。初めて出くわしたこの曲がり角からどう踏み出したらいいか。わたしは耳を澄ます。「歌声」は聞こえてくるか。

後日ノート——百合子の手紙

小さな読書会をとりあえず「四人の会」と呼んで、京都のホテルのロビーで午後三時に集まる。知人からもらった著書や自分の発表した文章などを批評し合う。もう五十年以上の付き合いである。七十代から八十代という年齢構成だから「最近のものはどうも」といいながら会えば話は尽きない。せいぜい一年に二回、去年などは予定していたら一人が風邪を引いた。予定通りやってくださいといわれたが、四人は一人欠けてもだめなのだ。「あと何回できるだろう」と少し切ない。

そこで『播州平野』を話し合ってもらったことがある。東日本大震災後の長引く混乱に対して無関心ではいられなかったので、宮本百合子の敗戦直後の筆力にみんな改めて舌を巻いた。「筆舌に尽くしがたい」ということばがあるが、百合子は一九四五年の日本のその状況を描き切ったね、と一人がいい、みんな同感だった。それは「地震の多い国のたくさんの原発」という現実への厳粛な思いを確認することでもあったが、ことばによるリアリズム、あるいは文学の役割という大問題に行き当たったのだった。昔読んでいた小説が今の現実にも対応している驚きで、わたしはとても励まされた。

しかし、宿題が残った――『風知草《ふうちそう》』にほとんど触れずに『播州平野』を考えたことだ。これは『風知草』と合わせて論じられねばならない、いわば連作であり、百合子のリアリズムは、二つ合わせて成り立っている。合わせ鏡のようにどの版でも一冊の本になっているし、一九四七年の「毎日出版文化賞」も両者に対して与えられたのだ。

『播州平野』は、日本列島を群山から島田（山口県）へ列車で移動しながら、地図のように描かれた。対照的に『風知草』は東京の一つの家の中、その細々とした日常と日本共産党の再建という歴史的出来事の進行が綯い合わされて描かれる。年上の女房は十二年間亭主を獄中に囚われてきた。敗戦によってようやく不屈の二人に新婚生活が戻る。

「二人でいると、ちっとも退屈じゃないねえ」

「でも不思議ねえ、わたしたち一人で暮していなけりゃならなかったとき、退屈だとは思ってなかったでしょう」

「そりゃそうだ」

「わたしなんか寂しいということさえよくわからなかったぐらいだったわ」

妻ははにかみながら、ぎこちない夫のすることなすことをいとおしく飽かず眺める。伸びきらない頭髪、体をゆする歩き方、すべてに長い監房生活の名残をみて胸を締め付けられる。

この小説のあらゆる場面、その戸惑いにも喜びにも、また光にも陰にも、治安維持法によって引き裂かれた年月が張り付いている。つまり、二人の間に交わされた『十二年の手紙』に裏打ちされた作品なのである。その往復書簡集はいつもわたしの心に引っ掛かりながら友人ともあまり話題にしたことがない。これも長年の宿題である。

持っているのは一九五六年「再版」とある、新科学社から出た粗末な三冊本なのだが、一九四二年までの二冊しかない。いつどこで手に入れたものか分からない。一冊をどこで紛失したのかも不明だ。新本ではないので、古本マニアだった夫からの土産だったかもしれない。他に筑摩書房から一九六五年、青木文庫七四年、文春文庫七六年と出版は相次いでいる。百合子はその編集に並々ならぬエネルギーをそそいだと思われるが、完成を見ることはなかった。文庫本でこれだけ出ているということは広く一般読者に届いている証拠だろうが、いまは紛れもなく「忘れられた本」である。

往復書簡という形で、同数の往復があったようにみえるが、実際に百合子が書いたのは千通を越え、対して顕治は四百通であった。百合子の手紙だけを『宮本百合子全集』（新日本出版社）で見ると「獄中への手紙」は四巻分を占めている。しかも全部七百頁を越える大著。いかによく手紙が書かれたか、そしていかに長い手紙だったか——いや、手紙しか書けない時期がいかに長かったか。

一九三二年二月に結婚したばかりの二人は、その年三月の「コップ暴圧」と呼ばれるプロレタリア文化連盟中央部への弾圧によって引き裂かれた。中野重治や窪川鶴次郎、壺井繁治ら四百名が対象になった。百合子の「一九三二年の春」にその生々しい体験が克明に記録されている。顕治との結婚生活は二か月で壊された。翌年には、小林多喜二の虐殺事件が起きる。百合子自身が「荷にあまる歴史的な苦しさに焼かれて日々を過ごしている」（『風知草』解説）と書いた生活の始まりだった。地下活動に入っていた顕治もその年末に検挙された。後に「赤色リンチ事件」といわれるスパイ殺害の容疑によってである。それから敗戦の年まで転向を拒否した顕治は獄につながれたままであった。『十二年の手紙』はこの身を焼かれる苦しい日々の産物なのである。百合子の手紙の長さには煉獄の重さがこもっている。

百合子にはもう一人、長い手紙を書いた相手がいる。湯浅芳子である。

『貧しき人々の群』（一九一七）を書いて天才少女作家の評判が高い百合子が父親とともにアメリカに赴いたのは一九一九年で新聞記事にもなった。ニューヨークのホテルの窓から第一次世界大戦の勝利を祝う人々を眺める様子は『伸子』の冒頭に描かれる。そこで出会った荒木茂と結婚、性格の全く異なる二人の生活はたちまち波乱含みになる。帰国後にさらにそれが加速するプロセスを『伸子』に書いたのだった。一九二四年（大正十三）に発表された代表作だが、この小説の最後の場面は女友だち・吉見素子の登場によって鮮烈な印象を与える。少なくとも高校生だったわたしには強い衝撃だった。「友情」の方が「結婚」問題よりも現実的だったから、とても気になった。素子のモデルが湯浅芳子である。

息の詰まるような夫との結婚生活から逃れて、伸子は福島県郡山の祖母の家に滞在する。そこで伸子は毎日のように素子へ手紙を書く、また返事を待つ。このときめきが魅力だった。田舎の高校生も友だちとの間で長い手紙のやり取りをしていたので、いったいどんな手紙だろうと想像しては熱くなったが、小説の中に手紙そのものは出てこない。その『百合子の手紙』が読めたのはずっと後だ。

湯浅芳子はチェホフの『三人姉妹』や『桜の園』の翻訳などで知られるロシア文学者だが、『伸子』発表時の手紙を『百合子の手紙』（一九七八、筑摩書房）として公刊した。わたしの念願は三十年ほど経って叶ったわけだが、もうわたしは疲れた中年になっていた。

『百合子の手紙』には大正十三年から昭和二年までの手紙、はがきが一一八通収録されている。長い手紙が多い。「獄中への手紙」に負けない長さである。

手紙（大正十三年五月十四日消印、湯浅芳子宛）の中に「これは私の溜息」として、次のような詩が出てくる。

しょぼしょぼとかれがれな私の泉
ぐんと噴き出せ！
花も草っ葉も溺らすように
どっどとふき出せ
貧乏性な　小だしの　わが泉！

こんなたっぷりどっさりの溢れるような手紙を書き綴った人が、「しょぼしょぼ」と思うのか。「貧乏性」だの「小だし」だのというのか、百合子らしからぬへりくだりは他ではあまり見られない。

まずは冒頭の「四月二十五日」の手紙を読んでみる。野上弥生子の家で湯浅と運命の出会いをした直後のものである。『伸子』の背景になっている手紙だ。

「私共は計らず異なものの縁でむすばれたのでしょうか。私も貴方はすきです」。出だしから息をのむ直接的な告白である。「私も」というのだから湯浅の方から愛のことばがあったのである。

「野上さんなどは敬愛と云うべきですが、貴女には自分のあらが見せられる。人間としての弱点を寛大に見て貰え、その苦しさを解って貰えると云うあたたかい楽な、何ともいえないよい心持がいたします。貴女のような傾向を持った方は、私の友達——まるで数のない——の中で始めてで、私の欲しかったものと思います。本当に、私共は、よい友達になりましょう。段々よく友愛を育てて行きましょう。私は、弱さから、つまらないよい子になろうとしたり、聖者ぶったりする笑止な惨めさがあります。それを、始め、自分で微かながら認め、而も無視して生活交渉を進めて行くと、あとで、堪らなくなって来ます。其故、どうかして、せめて貴女とだけは、そう云うことなしに、自分の生《き》で打ちつかって見たいと思います。／そして、互のうれしさに余り溺れず、やって参りましょう」

結婚で散々の経験をしている、まだその渦中の二十五歳の女である。この初々しさは高校生向きであって、離婚の決意をしている人のものとはとても読めない。高校生のときこれを読んでいたらどんなに感動したであろう。何しろこちらも「つまらないよい子になろうとする」少女だった。

『百合子の手紙』は、書かれてから半世紀を経て出版された。したがって、老いた湯浅の「あとがき」は若い百合子の手紙と波長が違う。きらめき羽ばたく手紙群の解説にしては苦さがにじみ懐かしさが籠る。折からフェミニズム運動が大きな規模でうねりを見せ始める時代だったから出版されたのである。すぐに読んだが、なんだか違和感を持ったのを覚えている。だが今度、自分も老いて読み返してみると深い味わいを感じるのである。
湯浅はいう――新聞紙上で百合子のアメリカへの旅立ちを見たころ「もと妓籍にあった三歳年上の女と暮していた」。女を独り立ちさせるために歌沢の家元に通わせたりして、ようやく歌沢の名取りの免状も得て京都へ出稽古場を持つまでになった。「芳子が嘗めた物心の苦労を女はよく知っているので、いよいよ自分が唄で自立出来るようになるとその恩に報いたいという真心をみせることに努めた」。しかし、十四歳のときに女を大阪の新地に売りとばした父親がいる、継母がいる。また、女には男のうわさも出てきた。「この時期にわたくしの嘗《な》めた苦汁は深かった」

そのようなときに湯浅は百合子と出会った。二人の立っている位置が違うこと、背負っている苦労の質と重さも違うことを、この「あとがき」は訴えている。こんな内輪の話からあとがきを書きだしていることに、以前読んだときは、ちぐはぐを感じるだけで理解が届かなかった。

「二人（百合子と湯浅芳子・引用者注）が互いに抱く友情を愛情と認め、この愛情を完成させずにはおかぬ、と言いもし、書きもするようになっても、百合子には荒木氏と別れる気はなかったかとおもわれる。この別離を決行しなければ生活は変わりようがないことを彼女が身に沁みて感じとったのは七月三十一日以降である。芳子は百合子が荒木の岸を離れるための跳躍台になったにすぎない」

この「七月三十一日」と書ききっているところが凄い。この事情については今はふれない。一九二四年のことだから、すでに半世紀、百合子が亡くなってからでも四半世紀が過ぎているのに、実に生々しい。愛や悲しみにも年月が降り積もっているはずだが、熾火のように消えないものがちろちろと燃え続けている。

百合子がこの熱い手紙を書いてから長い年月を経て晴れて出版されるようになったのは、同性同居や同性結婚に対する見方が大きく変わったからだ。しかし、湯浅の口調には喜びとは程遠い諦観と苦渋が哀惜の底を流れる。「百合子の跳躍台」でしかなかったことはいまだに苦しいのだ。引き裂かれた傷は癒えていないのだ。今度読み返してその率直な語り口が胸に食い入る。湯浅の恨みは受け取り手に届かない。二人は何でも語り合ったというが、長い手紙を書かせた人の苦衷を、書いた人はどこまで知っていたか。最初の結婚を解消する「跳躍台」なった湯浅は、二度目の結婚、宮本顕治へ百合子が跳びこんでゆく踏み台にもなった。

「百合子はまことに魅力ある人格で、同じ屋根の下で暮らして倦《あ》きることがない。また百合子は日常の実生活の上ではたいへん自己犠牲的なところがあり、共に生活する相手を甘やかしてしまう。この甘やかしにスポイルされることの恐ろしさを芳子はある時ハッキリ自覚した」沢辺仁美『百合子、ダスヴィダーニヤ』(一九九〇、文藝春秋)が湯浅に寄り添った評伝である。九十歳を越えた湯浅は若い沢辺に残っている資料のすべてを託した。

『十二年の手紙』を読む前に『百合子の手紙』を見たのは、この湯浅芳子の証言が重要だからである。二つの書簡集はまったく性格を異にしているにもかかわらず、非常に似ている。百合子の「自己犠牲」は一見そうとは見えない透明感があり、「甘やかし」の気配は爽やかで知的である。同性に対して溢れだした勢いが、その上質な品格そのままに若い夫へと流れ込む不思議さだ。

『十二年の手紙』の第一信は、一九三四（昭和九）年十二月七日、上落合の百合子から市ケ谷刑務所の顕治に宛てられたものである。

「これは何と不思議な心持でせう。ずつと前から手紙をかくときのことをいろ〳〵考へていたのに、いざ書くとなると、大変心が先に一杯になつて、字を書くのが窮屈のやうな感じです」

少女のように戸惑って書きだしている。この手紙は「不許可」となって顕治に渡らなかった。念のために保存されたコピーから起されている。「窮屈」はたちまち消えて、原稿用紙にして二十枚の長文である。看守をあきれさせる大部の手紙はやがて「百合子の手紙は特別」ということになっていったらしい。この第一信はその後のレールをきちんと引くさまを見せている。

まず、顕治の叔父が山口から上京し、百合子の父たちと交歓する様子を伝え、新居を知らない夫にその詳細を述べる。

「中井駅といふ下落合の駅の次でおりて、小学校のつき当りの坂をのぼつたすぐの角家です。小さい門があつて、わり合落着いた苔など生えた敷石のところを一寸歩いて、格子がある。そこをあけると、玄関が二畳でそこにはまだ一部分がこはれたので、組立てられずに白木の大本棚が置いてあり、右手の唐紙をあけると、そこは四畳半で、簞笥《たんす》と衣桁《いこう》とがおいてあり、アイロンが小さい地袋の上に光つてゐる。そこの左手の襖をあけると、八畳の部屋で、そこには床の間もあるの。なか〳〵一通りなものでせう？　そこへ私は茶簞笥をおき、長火鉢をおき、長火鉢と直角にチャブ台をひかへて、上で仕事しないときは、そこに構へてゐるわけです。八畳からすぐ台所だといふのが私どもの暮しかたには大変いゝ工合なのですが、生憎井戸でね。朝まだ眠いのに家でガチャン〳〵、裏の長屋でガッチャン〳〵。（中略）下の八畳も二階も、それはよく日が当つて、実にからりとした私たちに似合つた家です。家賃三十円也。井戸だし、少し不便だし、だからその位なのであらうといふ定評です」

甲斐甲斐しい新妻、病気を抱えている身とは見えない明るさである。そして外界の親戚関係や文学状況、力になってくれる仲間のことを細々と報告する。差し入れの本の相談、相手の身の回りや健康状態へと気遣いはきりなく続く。

「もう夜が明けてしまふかしら、ではおやすみなさい。よく眠るおまじなひをどうぞ」と愛らしい結び。

この妻は、嫁としても申し分のない働き方をする。一九三八年六月、顕治の父の死去に際しては山口県熊毛郡島田村に駆け付ける。義父の最期の様子や葬式の次第を本来なら喪主であるべき夫に伝える。相続のことや保険のこと、「墓地の入費などは不明ですが、今度の当座の入費と御香奠《こうでん》がへしぐらゐは、よそから来た分と私たちの分とで十分にすむと考へられます」という頼もしさである。

百合子は面会が許されなくても可能な限り出かけ、不許可を恐れず手紙を書き続ける。公判が始まると傍聴を欠かさない。

百合子自身も何度も検挙され、拘禁、投獄される。健康を決定的に損なったのもそのためであり、五十一歳という早すぎる死の原因となった。とくに視力を著しく損ない、その後遺症に苦しんだ。手紙の書き手としては辛いことだった。代筆でなされる手紙は、当然のことながら本来の輝きを失う。しかし、顕治の誕生日には見えない目で書く。祝いの詩三編のうちの「真白き紙の上に」は次のようである。

真白き紙を　くり展《の》べて
黒い字を書く　めづらしさ

墨の香は秋の陽にしみ
一字一字は　活潑な蜻蛉。

古き東洋の文字たちは
次から次へと
ふき込まれる命の新しさに愕いて
われと我が身をあやしみながら
七彩にきらめき
いとしきひとの　かたへと飛ぶ。　　（一九四二年十月十三日）

第一信であのようにいぶかった窮屈はこの七彩にきらめき飛翔することばへと変身を遂げる。もう一編「あしたのたのしみ」には、「いつも一緒に暮してゐる声が／顔の近くで　斯う云ふ。／「ユリ　そんなによくばらず／上書きだけは　明日のたのしみに／とつてお置き／疲れた証拠に／息が　こちらへ　触れる程だよ」と。」、そして結びに「誰が／昔から胸の動悸をはやめずに／愛したためしがあるでせう」

この書簡集は成長の記録でもあるのだ。成長させるのは獄中にある夫。今度読み返して以前に読んだときには感じなかったしこりがあった。顕治の手紙が放つもの、これはいったい何だろうか。獄中にあるという位置が決定的な優位であること、それが男性性と合わさって、どこか押しつけがましく感じられる。これは愛の対象なんかじゃない、絶対的な指導者である。高みからの威圧である。そして受け取る百合子の素直さ、しおらしさ、謙虚さ、けなげにひたむきに。「百合子さん、女であるのを止めてください」とわたしはつぶやいている。

一九三九年七月三十日の手紙——百合子から巣鴨拘置所宛などは難しい問題が含まれていて解読は容易ではない。

「純真な一人の婦人」の死が伝えられる。補注によると熊沢光子が日本共産党中央委員の大泉兼蔵と同棲していたが、大泉のスパイが明らかになると獄中で自殺する。百合子は大きなショックを受ける。

「どんな偉い人間にも、普通の人としての面がある。さういふことをよくいふが、やつぱりこれもいはゆるリアリズムです。偉さの種類、普通さの種類、それぞれが内容にふれてはとりあげられないまま、多元的にいはれたりして」

共産主義運動のためには女を利用し踏みつけることも辞さない、革命の前に女の人権は無視された。後に「ハウスキーパー問題」といわれたが、この手紙はそのことにリアリズムで迫ろうとする。さすがの百合子も歯切れが悪い。ここに大問題を感じているからだ。我々に課せられているのはこれを解明するリアリズムであると。そうであればこそ自分は『貧しき人々の群』から『伸子』へ『一本の花』へと作家として確かな成長をしてきたのであると。最近作を顕治に「書くべきやうに書けてない」と批判されたが、百合子は「あなたは正しい、わたしのリアリズムの未熟」であると反省する。

この日の長い手紙は、再び身辺の報告に移り女の生活を振り返っている。「親しい女友達の家庭にある紛糾」に触れる——佐多稲子の家庭の事情である。

「ねえ。この夏一つの暮しかた、それが、どんなに時々刻々の内容となつて、作家としてのさういふものに作用し実用化してゆくかと考へると、この作家の独自性といふことが、なほ重く、新しく呼びかけてくるわけです」

佐多稲子が『くれなゐ』や『灰色の午後』で描いた夫婦の争い、当時、夫・窪川鶴次郎の情事の相手は田村俊子だった。同じ作家仲間での葛藤は悲惨を極め、百合子は耳にするだに息苦しい。また、できたばかりの「女流文学者会」が「文学報国会」の方針に便乗して前線への「ペン部隊」派遣に協力するという事態も堪えがたい。佐多も戦地慰問に出かける。幾重にもねじれる混乱が深まって、じわじわと百合子を追い詰める。

手紙の前半部で、敵スパイと同棲した女のことを思い、後半で女性作家たちの動向に悩む。

上と下からねじり合わされているものに一人立ち向かう。だから、ここの「リアリズム」という思想は重い。うちも外も崩れてゆく中で、一すじの道としてそれは百合子の前にある思想だ。さながら百合子を導く幻の未来である。これを放したら終わりだという、命綱の思想である。

しかし、この手紙には次のような補注が付いている。

「顕治の公判がはじまつて、勤勉に傍聴したことは、百合子にとつて、思ひもかけなかつたほどの収穫となり、内面の階級的成長に役立つた」。そうだろうか、女たちを締め付けている問題に、顕治の助言が役に立たないことを百合子は感じていたような気がする。

一九三九年は百合子にとって一つの充実期でもあった。厳しい執筆禁止の処分状態からやや解放されて、雑誌「文藝」に評論を連載し始める。戦後に出版される『婦人と文学』の初稿に当たるものである。日本で初めてのフェミニズム文学批評の大著となった。戦時下でマルキシズムを禁じられた百合子が、いわば暗闇の中で探り当てたのがこの文学理論だった。その歴史は樋口一葉から始められる。そして明治の「青鞜」の女たちから、大正期へ、文壇全体に目を行き渡らせて、戦時下での佐多稲子や林芙美子の作品を分析した。執筆停止をくぐりぬけるために発見したこの方法の鮮やかさは、戦後に出版されたときには、マルキシズム思想の濃いものに整えられてしまう。反比例して、フェミニズム思想は薄れる。

この「婦人と文学」は雑誌で回を重ねる。次第に高揚する気分が顕治への手紙にも表れる。婦人作家における「女らしさ」の正体について思うこと、「女心」というものが持つ陥穽について気付いたことなどを熱く伝えようとする。作品の中に媚態を嗅ぎ当てて綿々と綴る。夫・顕治は芥川龍之介を論じて世に出た堂々たる青年評論家である。まるで、師に対するゼミ学生のように、百合子は文学史の勉強に本格的に精を出すと報告する。そして思わぬ支障が生じる。妻は夫と生活を共にし始めたとき、大々的に自分の蔵書を処分していたのだ。慰めて夫の手紙はいう。

「もつともユリがだんだん勉強して、批評をも書くやうになつたので需要が特に感じられるやうになつたのだらうが、あのときは、ユリの成長まで予定には入れてなかつた。これは不覚かも知れなかつた。が芽出度き不覚とも云へやう」(一九四〇・四・二十四)

「成長」はこの書簡集のキイワードであるが、すべて百合子の成長であり、指導教官のような夫であった。

この書簡集は「亭主の好きな赤烏帽子」の物語とも読める。わたしはそれが嫌いではなかった。しかし、それが女の、妻の成長の物語であるとき、夫が穢れなき目としてそれを評価し裁断するのは異様である。それを全く疑わない妻が、高い知性の持ち主であるとき、いよいよ異様である。

全集ではすべて新仮名づかいになっているが、もとの雰囲気を残したいので可能なところは手元の本（新科学社版）から引用した。しかし、夫の返信がない全集を初めから用いていたら、こういう感想は持てなかっただろう。

『十二年の手紙』は、暗黒の時代の中でも失なわれなかった日本人の理性のかがやかしい勝利の記念碑」（一九七九、加藤文三、全集月報9）という評価は間違ってはいない。しかし、この奇異の一面はもっと考えねばならないだろう。百合子にとって「暗黒」とは比喩ではなかった。戦時中百合子の近所に暮らしていた人の証言として「いつも、雨戸を閉めていましたよ」（一九八〇、池田みち子、全集月報20）という。つまり日中から雨戸を閉めた暗闇の中で、あのみずみずしい手紙は書き続けられたのである。これが理性的に生きるということだと、その姿は教えている。

そうしてこの夫婦は敗戦を迎える。八月十八日付の書留封書は、全集版で六頁に及ぶ。そして喜びに満ち、自信溢れる長文の手紙が次々と網走へ送られる。「作家として一点愧じざる生活を過したことを感謝いたします。わたしの内部に、何よりも大切なそういう安定の礎が与えられるほど無垢な生活が傍らに在つたことをありがたいと思います」。自身の誇らしさが増すほどに、さらに夫の絶対無比の輝かしさが値打を持つのである。

この「一点愧じざる生活」と「無垢な生活」は『十二年の手紙』の家信としての性格を決定

づける。そういう意味で日本文学の中では珍しい作品といえよう。日本の作家たちは多くは恥や汚濁をテーマにしてきたのでもあるから。

三浦綾子はいっている——『十二年の手紙』にこそは宮本百合子の文学のすべての鍵が隠されている豊穣な土壌だと思う。百合子のどの小説を読んだとしても『十二年の手紙』を読まなければ、それは本当に宮本百合子を読んだことにはならない」（一九八〇、全集月報13）

『風知草』が描く夫婦は、こうしてやっと共住みできるようになった。初々しいはにかみで甘い香りがそこここに漂う。微かな風の気配があって、これが風知草だと思う。

ところが読者はたちまちぞっとする場面に出くわす。それは三か所ある。

一つは、久しぶりの外出、獄中にあった夫を支えてくれた人々へのお礼の訪問の帰り道、くたびれたひろ子と重吉は満員電車に揺られている。年齢も上の妻の方に疲労は大きいと見えるが、それを夫に悟られまいとする。夫は突然、芥川龍之介の『一塊の土』の話をする。

「あれは、後家の女主人公が、うんと働いて稼ぐけれども、それで自分もはたも不幸になってゆく話だったろう？」

「そうだわ」

「ひろ子に、なんだか後家のがんばりみたいなところが出来ているんじゃないか」

ひろ子には「バカと云われたより、だらしなしと云われるより」苦痛であった。涙をあふれさせる。「あんなに、貞女と烈婦には決してなるまいと思って」暮らしてきた、それなのに夫は、「しょげることはないさ」といい、「これまでひろ子は、云わば一人ぼっちでがんばって来たんだから、どうしても、そういうところも出来たのさ。又それだからこそ、もったというようなところもあるんだし」という。

わたしは何度読んでもこの夫を許せない。しかし、ひろ子は「よく云って下すったわね」という。それに続いて次の文章がある。

「手紙ばかりで暮した年月は、それらの手紙がどんなに正直であったにしろ、整理されたものであるにちがいなかった。その意味では、ひろ子が重吉に示す生活感情も許らぬきれいごととなっているとも思えた」

もう一つの場面。

夫が出かける際にカフスボタンを留めかねる、それを妻は「わるい御亭主の見本なのよ」とからかう。これは幸福の図のはずである。しかし、そのユーモアが夫に通じない。不機嫌に「自分のことを自分でするのはあたり前なんだから、もうすっかり自分でする」という。それはいい、当たり前でしょ、幼稚園児でも自分の事は自分でする。しかし彼は続けて「監獄じゃそうしてやって来たんだ」と切り返すのである。主人公よりも先にわたしが青ざめる。十二年監獄にいた人の、政治信念を曲げずに不屈の戦いをしてきた人の、この残酷さ——ひろ子は体じゅうがよじれるように苦しくなる。「わたしは、いや！　こんなの、いや！　あんまり平凡だ」。しかし「一心に暮した十二年の歳月」を思う。重吉にもどんなひどい環境があったのかを思い、心に稲妻のような一条の光が射す。そして泣きながら「絶対の支持」を繰り返す。やがて重吉の表情に「精気のこもった艶が甦っている」。ひろ子は「うれしさで、とんぼがえりを打ちたい」ほどだ。

「生きかえって来た、生きかえって来た」

「なにが？」

「——わたしたちが……」

ここにも「手紙ばかりで暮らしてきた年月」が折りたたまっている。

三つ目——戦争の最中、文学報国会で作品集を出す計画があってひろ子にも声がかかった。それで「その日の雪」という題の小説を出したが、結局その企画は流れた。そのときの原稿がある日ハトロン紙の紙袋に入って出てきた。

「ひろ子、覚えているかい？　俺が、文学報国会なんてものは脱退しろ、とあんなに云ったとき、何てがんばったか。——あなたには外の様子が分らないからって、がんばったんだぜ」

その「外の様子」とは次のようである。

そのことが話したくて、ひろ子は、その封筒も重吉の前に持ち出したのであった。戦争が進み、情報局がすべての文化統制を行って、文学者やその作品をすっかり軍用に統一しはじめた頃、ひろ子たち一群の作家は、不安な状況に陥った。一九四一年の一月から、ひろ子ははっきり作品発表を禁止されて、それからは却って、立場も心もちもきっちり定まった。生活万端いかにも苦しいけれども、自分は自分なり、と落付くところがあった。それまでの一年間ばかりはすべてが不安定で、ひろ子は、自分だけが、例えば文学報国会を脱退することで、一層くっきりと目立って孤立することがこわかった。防空壕にたった一人で入っているより多勢といたいこころもちがあった。文学の分野でも、情報局の形をとった軍部の兇悪な襲撃を、たった一人で、我ここに在りという風に、受けとめる豪気がひろ子にはなかった。みんなのいるところに出来るだけ自分も近くいたいという人恋しさがあった。けれども、重吉が、笑止千万という表情でひろ子を見るとおり、ひろ子のそんなこころもちは、書くものを御用に立てない以上、役人にとっても笑止千万なことであったろう。その頃文学報国会の役人は、もう文学者ではなくて、役人どころか情報局の軍人が入って来ていた。

「あのころ、ひろ子が、つべこべ云うのが、不思議でたまらなかった。実にはっきりしているんだもの。どうして、自分の亭主の頸に縄をかけているものを一緒んなってひっぱるようなことをするんだろうかと思った」

「私もそう思うわ。だから、あなたは、よくああいう風におだやかに云っていらっしゃれたとびっくりするの」

この場面でも「手紙にも書いたわねえ」とある。『十二年の手紙』を読者が知っていることは前提なのだ。

女が議論に加わって発言するとき、それを「つべこべ」といわれる歴史は『風知草』以後もずっと続いたが、この前衛共産主義者夫婦の家の中の会話として使われたのだ。

繰り返しになるが、この夫婦はじつに奇妙である。獄中の夫との間に交わされた『十二年の手紙』が価値ある作品であることはまちがいないが、顕治の目線は、読むたびにわたしを戸惑わせてきた。そのことはたとえば高杉一郎が書くこの夫婦のツーショットに通じている。ソ連のシベリア政策の被害体験者である高杉の話を、百合子は「そういうこともあるんでしょうね」と聞いたという。けれども同居者の顕治は「今度だけは見逃してやる」と仁王立ちで睨みつけた。(『わたしのスターリン体験』一九九〇)

これらの場面について、平林たい子が「そんな亭主はひっぱたいてやればいい」といったのは有名である。「ひっぱたく」とはどうすることか、「あなたは何もわかっていない」と反論することである。戦争がどんなに多くの「後家」を作ったか、彼女たちは後家のがんばりであれ、なんであれ、命がけにならないと生きてゆけない人たちだ。床をのべて仲直りできる相手を失った人たちだ。そういうすべての戦争犠牲者に思いをいたしながら、ひろ子はなぜこんなにしおらしく矛をおさめるのか。

主人公の前に立ちふさがる家の中のこの壁こそ、百合子の今までの小説になかったものだ。それを「リアリズム」でどう描くか、どう乗り越えていくかの大切な場面だ。おそらく百合子文学の読者が経験していない冒険だったはずだ。それは戦後の戦いの開始、男が主導してきた歴史への女たちの異議申し立てになるはずだった。この大切な場面を安易に夫への賛美で収めている。夫を讃えているように見えるが、これは屈服である。夫への「絶対の支持」は「絶対の服従」と同意なのだ。

作者は大問題の所在を探り当てたが、『風知草』は自立しえていない。『播州平野』と『十二年の手紙』に両脇から支えられている。

この時代の百合子の心象風景は、わたしに与謝野晶子の家庭内問題を思い出させる。「晶子の手紙」でふれたできごとである。夫は国会議員選挙に立候補して落ちたが、これに先立つ資金集めに晶子は奔走し小林一三に援助を乞う。その姿はなんど読んでも胸苦しい。

百合子の夫は、戦後の左翼運動の先頭に立って、やがて日本共産党の中央の座を占める、党内闘争や占領軍の監視下で危ない目に何度もあうとはいえ、上昇気流に乗る旭日の人だ。一方、晶子の夫はどんな言いわけをしようとも落日の人。そのように対照的でありながら、二つの夫婦は似ている、夫が妻の献身にあぐらをかいているところ、まるで同質なのだ。惚れた弱みから妻にそれが見えない点でも共通する。

歌人であった晶子には、その家庭生活を描いた「明るみへ」があるが、完成した作品とはいえない。百合子においては、最初の夫・荒木茂を『伸子』で、次の同棲者・湯浅芳子を『二つの庭』『道標』で書いた。宮本顕治については『風知草』である。

「重吉のような男はいる、いまも、そしてこれからも」とわたしは思う。『風知草』の中には、戦後の日本共産党書記長になった徳田球一が実名のまま出てくるが、彼もまた、家の中ではこんなふうだったのだろうか。そういう男たちによって日本の革新政党は作られたのか。これらのイメージは作家・宮本百合子の意図を越えて現代に届いている。彼女のリアリズムの一つの達成ともいえる。

一九六〇年、安保闘争が最終段階に来ていて、街も大学も騒然としていた。学生だったわたしは「日本小説を読む会」で初めての報告をした。『道標』だった（五月二十八日、楽友会館）。

この読書会は一九五八年、多田道太郎、山田稔を中心に始まり、一九九六年四一〇回目の例会を最後にその歴史を閉じた。

長編『道標』は「展望」に連載されたとき、「どこまで続くぬかるみぞ」と酷評された作品だ。一九二七年から三〇年まで、百合子が湯浅芳子と新生社会主義国ソビエトで過ごす日々を描いた。記録で見ると、飯沼二郎、上山春平、澤田閏、杉本秀太郎、高橋和巳、多田道太郎、福田紀一らが出席している。司会と記録は山田稔。「長いなあ、大変なものを読ませてくれたね」と苦笑された。今から思えば汗顔ものの報告だが、丁寧に議論されたことが記録にきちんと残っている。生き残っているのは、山田さんとわたし。読み返すといろいろなことがよみがえる。その中で、記録にはないのだが、忘れられない発言があった。

「ぼくに妹がいて、こういう手紙をモスクワから送ってくれたら、楽しい」(多田道太郎)

『風知草』を読みながらそれを鮮やかに思い出した。宮本百合子の文学は手紙の文体で成り立っているのかもしれないと。『風知草』には手紙からはみ出す現実、手紙文体では描ききれない現実があった。「手紙」のリアリズムには限界がある。

百合子にとって戦時下での精神の支えが囚われの夫であったことは事実だが、自分の手紙そのもの、自分のことばそのものに支えられていたといえる。いわば百合子の精神史である。研究ノートとも、読書ノートともいえる一面を持っている重要なものだ。

これらの手紙は大いなる自負を持って書き続けられたことを最後に付け加えておこう。

一九四一年一月二十五日、念願の魯迅全集を手に入れた。没頭して読むが、とりわけ許廣平との往復書簡（「両地書」）に目を奪われる。続けてチェホフとオリガ・クニッペルの間で交わされた手紙に連想が進む。続いてアグネス・スメドレーとケーテ・コルヴィッツの交友に思いを広げる。一九三五年に上海で出版されたケーテの版画集にアグネスが序文を書いている。

「さぞいい本でせうね。実にみたいと思ひました。どうか私も、一生のうちには、そのひとの画集に心から序文の書きたいやうな婦人画家にめぐり会ひたいものです」

『十二年の手紙』は「両地書」に匹敵し、チェホフとオリガの間の書簡集と並ぶものと思いながら書かれていた。また、女の書き手としてアグネスとケーテのような結びつきを夢見ていた。なんという堂々たる姿勢であろうか。

『十二年の手紙』を読むとき机辺に置いていたのは中村智子『宮本百合子』（一九七三、筑摩書房）である。これ以上の評伝はこれから先も出ないだろう。またこの一冊があれば十分だと思う。百合子を賛美するだけではない理解がある。困難に立ち向かう百合子、党内政治の場で罵詈雑言を浴びる百合子、並の人間ならいちばん卑屈になりそうなところですっきりと立つ姿を描く。ひるまない目でしっかりと相手を見つめるすがすがしさは、しばしば「育ちの良さ」

で片付けられてきた。
中村はそれをしない。資料を徹底的に読み込んで、考察を深める。イデオロギーに偏らない広やかさは時代が変わっても古びない。そして「お嬢さん育ち」でいうと見えなくなるものがあることを納得させる。『風知草』に「小説を書かせて」と夫に訴える場面があるが、夫の不在と同じほど、文学に飢えて戦後を迎えた女がそこにいる。その渇きの大きさがあるいは『風知草』を未完成作品にしてしまったかもしれない。

夏のある日、思い立って植木屋で風知草を買う。小鉢に植えこまれた斑入りの草は、イネ科らしい穂をつけていた。水を打つとそこに涼風が立つようである。その瑞々しい緑の小さな風を愛でていると、ひろ子がこれを夜店で求めた気持に寄り添える気がする。戦時下の東京に生き、文壇の戦争協力に立ち向かい、その権力構造の中で苦しんだ女の孤独がささやかな具象となって風に揺れている感じだ。花に彩りもない風知草はひろ子をやさしく慰める唯一つのものだったというのが分かる。しかしその鉢植えは忘れられる。夫の解放を喜ぶ妻はその残骸を見て当時の苦しさをしのばずにはいられない。惨めな時代を必死で生きた一人の女の柔らかな強さをこの草は見ていた。描いたその人が自覚しないことまでも見ていた。『風知草』とはいいタイトルである。

小説の中の風知草は枯れて捨てられたが、うちの庭のそれは何の手入れもしないのに年ごとに爽やかな緑の芽を吹いてわたしを悲しくさせる。

あとがき

ここに集めたエッセイは同人誌「水路」（主宰・大林律子）に発表したものである。そこへ誘ってくださったのは橘正典さん。閑居の日々は読書の楽しみで埋めるだけで十分で、もう自分に書くことはないと思っていたが、編集長の強い促しがあった。初めは固苦しいものばかりだったが、読みやすいように努力するのがささやかな生きがいになっていった。ほんとうに大林さんは励まし方が上手だった。

そうして出た「水路」を読んでくれる友人たちがいた。それが次のテーマへ導いてくれたり、小さな旅に出るきっかけになったりした。連れがあるときも一人のときも、思い返すと懐かしい。懐かしいといえば、ほとんどが若いころに読んだものの再読だったから、未熟な自分との再会でもあった。巻き戻せない時間を惜しみながら十年近くを過ごしたことになる。

これを一冊にと薦めてくださったのは山田稔さんである。こうして振り返ると、七十七年の人生の出会いがすべて籠っているようで、感慨がある。

いろいろと助けてくださった涸沢純平さんに深くお礼申し上げる。

二〇一六年二月五日

荒井とみよ

初出一覧――発表誌「水路」

「歌は歌に候」――与謝野晶子（二〇〇七年）
後日ノート――晶子の手紙（二〇一一年）
「わが詩をよみて人死に就けり」――高村光太郎の日記（二〇〇七年）
後日ノート――「智恵子抄をめぐる物語」（二〇一三年）
「なつかしい日本」――三好達治（二〇〇八年）
「夜汽車が木枯の中を」――横光利一『夜の靴』（二〇一〇年）
「常念岳を見よ」――臼井吉見『安曇野』（二〇一〇年）
「私の日記は腐ってもいい」――高見順『敗戦日記』（二〇一三年）
「歴史はその巨大な頁を音なくめくった」――宮本百合子『播州平野』（二〇一二年）
後日ノート――「百合子の手紙」――書きおろし

＊今回まとめるに際して、文体を整えるために修正削除をほどこした。

荒井《あらい》とみよ
一九三九（昭和十四）年、福井県に生まれる。
奈良女子大学卒業。元大谷大学教授。
著書
『女主人公の不機嫌』（二〇〇一、双文社出版）
『中国戦線はどう描かれたか』（二〇〇七、岩波書店）
編著
『女の手紙』（二〇〇四、双文社出版）

詩人《しじん》たちの敗戦《はいせん》
二〇一六年四月一日発行
著　者　荒井とみよ
発行者　涸沢純平
発行所　株式会社編集工房ノア
〒五三一―〇〇七一
大阪市北区中津三―一七―五
電話〇六（六三七三）三六四一
FAX〇六（六三七三）三六四二
振替〇〇九四〇―七―三〇六四五七
組版　株式会社四国写研
印刷製本　亜細亜印刷株式会社

ISBN978-4-89271-250-0

碧眼の人　富士　正晴

未刊行小説集。ざらざらしたもの、ごつごつしたもの、事実調べ、雑談形式といった、独自の融通無碍の境地から生まれた作品群。九篇。　二四二七円

軽みの死者　富士　正晴

吉川幸次郎、久坂葉子の母、柴野方彦、大山定一、竹内好、高安国世、橋本峰雄他、有縁の人々の死を描く、生死を超えた実存の世界。　一六〇〇円

書いたものは残る　島　京子

忘れ得ぬ人々　富士正晴、島尾敏雄、高橋和巳、山田稔、VIKINGの仲間達。随筆教室の英《はな》ちゃん。忘れ得ぬ日々を書き残す精神の形見。　二〇〇〇円

火用心　杉本秀太郎

〔ノア叢書15〕近くは佐藤春夫の『退屈読本』遠くは兼好法師の『徒然草』、ここに夜まわり『火用心』、文芸と日常の情理を尽くす随筆集。　二〇〇〇円

臘梅の記　林　ヒロシ

大槻鉄男先生のこと　先生といると高められ安らいだ。仏文学者・詩人・大槻鉄男とのかけがえのない師弟愛。とりまく友情の時間を呼びもどす。　二〇〇〇円

三好達治風景と音楽　杉山　平一

〔大阪文学叢書2〕詩誌「四季」での出会いから、自身の中に三好詩をかかえる詩人の、詩とは何か、愛惜の三好達治論。　一八二五円